U0910978

妈妈走的那一年

［美］威廉·麦克斯韦尔 著

程应铸 译

南海出版公司

新经典文化股份有限公司
www.readinglife.com
出　品

他们如燕而至，又如燕子般飞离，

然而一个妇女的非凡气质

使一只燕子坚守它的初衷；

于是零落者在那里列成队形，

仿佛盘桓于一个罗盘方位之上

在梦幻的天空找到确定……

——威廉·巴特勒·叶芝

目录

第一卷

谁的小天使

1

邦尼没有被立刻吵醒。一个声音（那会是什么？他不知道）冲击他睡眠中的表意识，然后像石块一样沉落下去。他的梦成了静谧的止水，他终于醒了，感到身子软软的，赖在床上不想起来。他无奈地翻了个身，目光碰触到上面的天花板。此前的冬天，一根水管爆裂，留下现在这摊黄色的水渍，像是一个湖泊的轮廓。在邦尼的注视下，这湖泊渐渐变成一只鸟，它有一个羽毛丰满的头和朝外散发开来的尾羽。当图像在他眼中不再进一步变化时，他的视线向下游走，顺着天蓝色的墙纸落到另一张床上，罗伯特正躺在它上面熟睡。邦尼的目光在他上下分开的嘴唇上停留了一会儿，然后转移到他的脸上，由于正在酣睡之中，这张脸显得了无生气，空洞而缺乏表情。

天正在下雨。

屋外，菩提树的枝条在风的吹刮中飞扬起落。是十一月了，树叶纷纷坠落。邦尼翻动身体，压在阿拉明塔小而硬实的身体上。邦尼已经八岁，作为男孩，有点过了以洋娃娃做玩偶的年龄，所以白天他把阿拉明塔挂在床柱上。这是一个印第安娃娃，它的脸上带着固定不变的表情。但夜晚，它便和他共同占用他的床榻，睡梦中，他会一次又一次钟爱地把它拖到自己身边。如果他醒得太早，这时天色还黑，有它在身边是个安慰，他会伸出手来碰触它。

他——彼得·莫里森，也被称作邦尼，他所面对的，是一九一八年十一月的第二个星期日，一个完完整整的星期日。他轻轻移动阿拉明塔·卡尔佩珀，让它的头能落在枕头上。如果这是一个晴天，如果天是蓝色的并充满阳光，他就必须动身前往主日学校，唱赞美诗，也许还会听那些听腻了的老故事：丹尼尔被扔进狮穴，或者有关以利沙的，或者以利亚乘坐燃烧的马车上天。他将会有怎样一个上午呢？他一回到家里，就会马上把漫画书在地板上摊开，他可以舒适从容地看它，这时，肯定会有人走过来对着他惊叫：“天哪！这是多好的一天，待在家里太可惜了，为什么你不去外面锻炼？”如果他佯装会去，而实际按兵不动，那么要不了多久，他们又会来催促。不管他愿不愿意，他必须戴上帽子，穿上羊毛外套，戴上露指手套。就这样，他被赶到屋外，孤闷地在一堆堆枯黄的落叶上踏步，或者在没有花朵绽开的花园里游走。这里如今只有光秃的树枝，只有脆弱的小草和夏花枯萎的茎干。

邦尼听着滴水的声音，雨水从屋顶滴落下来，他暗暗对自己说：我会的，但不是现在。不是今天早晨！在屋子前部的某个地方，由于一扇门开着，所以，他母亲的声音能够顺着楼梯传来。他的心中像是有一个压紧的弹簧，一个螺旋弹簧，此刻被松开。他弹跳般地坐起，把被子扔到床脚。他盥洗，穿衣，然后下楼，看见母亲就坐在书房壁炉前的早餐桌边。

“你好吗？”他甩出手臂挽住她，有点鲁莽地在她嘴上按了个吻，“你好，你好吗？”

“我很好，谢谢。”

她把他拉到自己面前端详着，看他是不是哪里没有洗干净。邦尼注意到他父亲位子上留下的面包屑和随意折叠起来的餐巾，心里踏实起来。

“晚上睡得可好？罗伯特起床了吗？”

邦尼摇头。

“他醒了没有？”

“没有。”

“我想也是。”

邦尼坐到自己的位子上，这时，她为他在一片烤面包上涂黄油。涂完后，她从壁炉边拿起装熏肉的大浅盘。

“罗伯特昨晚十点钟还没睡，他想看完《保加利亚的男孩同盟》。我对他说，没你在，他们不会暗杀任何人，可他还是非要读完它。”她又为自己倒了一杯咖啡，“你知道，他就是这样。”

罗伯特十三岁，是个让人难以忍受的男孩。相较于大多数人，邦尼对他的这种感觉似乎更为强烈。他不会自动上床睡觉，也不会准时起床，他讨厌洗澡，讨厌有人吻他，讨厌上音乐课。他让地下室的灯白白地亮着，他不肯吃牡蛎和南瓜。冬天的早晨他赖床不起，把窗子紧闭。他在客厅地毯上铺满他的玩具士兵，到了该收掇它们的时候，从来不见他的人影。他跑出去帮人挖洞了，而且很可能到用晚餐的时候还不回家。当他归来，衣服粘了泥土，关节的皮肤被擦破，头发粘满树叶和树枝，崭新的运动衫留下一个破洞。

逗邦尼哭是罗伯特的乐趣，他们之间没有相安无事的时候（至少邦尼不记得存在这种情况）。每天早晚之间，至少会逗哭他一次，这是必定的。罗伯特会藏起邦尼的战时储蓄邮票和铅箔球；或者在屋里来回跳蹦，手里捏着阿拉明塔·卡尔佩珀的辫子，让它摇来摆去；或者把邦尼的手臂向后扭曲，或者表演他的新戏法，其中一点是让他的拇指弯曲变形；或者，他还可能做的，不外乎是坐在房间对面，嘴里嘟囔：好可怕，好可怕，吓死我了……还用手指指着邦尼画圆圈，圆圈越画越小，直到邦尼再也不能忍住泪水，哭了出来。

今天才刚开始，远远没有过完，它也会像所有日子一样，被搅得变质变味。但是只要罗伯特还在楼上赖床，那么邦尼就没有什么可担心的，世上没有任何理由，能阻止他好好享受一顿美味早餐。

“在下雨。”他说，自己伸手去拿熏肉。

“我看停不了。”母亲把他身旁的盘子放回壁炉边，这样，等到罗伯特用餐时，它还会保持温热，“五点钟就开始下了。”

邦尼充满希望地看着窗外。

“雨大吗？”

有时候下的是倾盆大雨，加上持续太久，即使后来放晴，他也不会指望他们让他出去。他们会说，地上太潮湿。还说，他可能染上致命的感冒。

“你看雨大吗，妈妈？”

“好像很大。”

邦尼试图说服自己：这是一场倾盆大雨。但实际上猛烈的是风，雨并不是很大。雨水被风搅得旋转着，纵横交叉，拍打在窗子上，然后像一条条小溪，急剧地顺着窗玻璃流下——窗上倒只留有很少的雨水。风越刮越大，而雨差不多还是原来那么大。屋里，房间变得特别安静。除了原木在壁炉里的爆裂声和吟唱声，没有其他声音。虽然是白天，但必须把灯全部开亮，在灯光的辉映下墙壁显得更为坚实牢固，那感觉就像在晚上，当帘子把所有的窗子遮蔽，房间就变得封闭逼仄起来。

“你觉得……”

邦尼犹豫了，生怕在最后一刻暴露自己。

“早晨下雨……”母亲从桌边站起，揣摩他的想法，考虑要不要认真回答他。

早晨下雨午前晴。

她这句没有说出口的话，残忍地悬在他眼前，即使是在他低头看盘子的时候。他努力心无旁骛地吃他的麦片粥。这时候只要一个小小的波动，就会触痛他，引起他的悲伤。让时钟去按照它的节奏运行，让木柴随着壁炉突然爆发的一阵火花而倒下，而他，会情不自禁地流泪。

母亲坐在靠窗的座位上，不耐烦地翻找她的缝纫工具。邦尼仿佛听见她在心里抱怨，说他已经长成一个男子汉，或者近乎如此。去年八月就满八岁了，可是遇上事情，依然不能靠自己的力量解决，会反反复复跑来缠她，寻求爱抚和安慰。

下一次，他下决心，下一次他会努力克服自己的软弱。只要现在她不对他严厉和冷漠就好了，他不能忍受她这样对他。不是今天早晨……他为自己深感难过。他开始想象，如果她不在这里会怎样。如果母亲不在这里，不能保护他，不能让他免于面临各种各样不愉快的事情——来自天气，来自罗伯特，来自他父亲——他会做什么？在一个既没有温暖，又没有安慰和爱的世界里，他究竟会变成什么样子？

雨水在冲刷窗子。

当他母亲找到她要找的针，她在针眼穿上线，然后拿起一块正方形的白布，她的手来来去去地舞动，专注地做她的缝纫。非常突然地，她对他说："邦尼，你过来。"

他立刻从椅子上下来。但是，当他站在她面前等待的时候，当她用带着疑问的棕色眼睛注视他的时候，他心上压着的重量在增加，最后变得像是一块沉重的石头。他每吸一口气都得用足力气。

"你是谁的小天使？"

因为这句话，因为随之而来令他完全意料不到的亲吻，顿时，他变得健壮和强大起来。他的眼睛和她的相遇，这让他感到安全。他仿佛听到天使的翅膀在身体上方拍动，充满阳刚气的喇叭声和击鼓声也紧跟而来，他坐回椅子，继续用他的早餐。

2

“你在做什么？是茶巾？”

邦尼注意到，母亲摇着头，表情非常奇怪，好像想甩开一个听起来不甚舒服的想法。

“它们看上去就像茶巾。”

他对她的事情总是抱有兴趣，几乎像个同龄人。如果她应邀去参加一个纸牌聚会，他想知道的是后来谁赢得了奖品？他们吃了什么美味食品？席位卡片是什么样子的？当她去皮奥里亚购物，他喜欢跟着一起去，如此，他可以评判她购买的衣服，虽然这意味着他要在试衣室外面等上很久。他们的看法也不尽一致，例如，关于餐厅的墙纸，邦尼就喜爱本来的样式，特别是那圈镶边，是一座丘陵，上面每隔三英尺就有一座相同的城堡，每座城堡都有三个相同的骑士骑着马向它奔去。然而，使他深感意外的是，母亲挑选了普通的白墙纸重糊了一遍，在他看来，它们用在厨房还差不多，反正厨房的墙纸无关紧要。

“如果它们不是茶巾，那是什么？”

她把线咬断，估算还需要用多少长度的线，然后从线筒上扯下，这时，邦尼在等她的回答，他快要失去耐心。

“尿布。”

这个词在他心中激起一阵轻微的骚动，他若有所思地走过去，在母亲旁边靠窗的座位上坐下，从这里他能够看到侧院和篱笆，还能看到凯尼格家的院子和凯尼格家的白屋侧面。凯尼格一家是德国人，他们对此也无能为力。他们家有个名叫安娜的小女孩，到一月就满一周岁了。凯尼格先生很早起床，赶在上班之前帮着洗涤衣物。早晨五点钟，他家那台洗衣机就轰隆隆轰隆隆地响起来。到用早餐的时候，就可以看见一串白旗在秋风中飘拂，当然，它们不是真的旗帜，是尿布。母亲手中缝制的就是这东西，没有谁会去做尿布，除非是肚里怀了婴儿。

邦尼听了母亲的话，一瞬之间，他觉得自己跑到了屋外的雨中。他衣服湿了，身上闪动着水光。他脑袋被风吹得晕晕的。他摘下一片湿树叶。但是,对于心中想些什么，他闭口没说。

总是那样，当他和母亲单独相处的时候，书房显得特别温馨和亲切。除了偶尔的互动，他们通常不说话，甚至都没有抬起眼睛。然而，通过他们各自做的事情，他们意识到对方的存在。如果母亲不在这儿，如果她在楼上自己房间，或是在厨房向索菲交待午餐的烹饪事宜，那么，对邦尼来说，这里所有的东西都是虚无不实的——或是死气沉沉的。窗帘上的朱红色花瓣和黄色叶子是折叠的还是展开的，完全取决于母亲。没有她，它们不会移动，也不会有色彩。

此刻，坐在她旁边，坐在靠窗的座位上，邦尼等于是有了依靠。他觉得房间里所有的线和面都在向母亲弯曲，所以，当他注视小地毯上的图案时，他必定会看到她的鞋尖，这两者是有关联的。可以说，相对于那帘子上的叶和花，他更依赖于她的存在。因为他具有想象的天性，在他眼里，那些东西可以是它们本身的实际模样，而在某个时候，它们还能转变成骑士、十字军、飞机和排成一列的大象。如果他母亲去市区为红十字会的病人拆绷带（所以，当他放学回家，他不得不自己玩耍），他就不能确定这种转化是否会发生。他可能会一连好几个小时，在那块东方风格的小地毯上打弹珠玩，让弹珠在曲折而陡峭的图案上推进。可是，它们除了弹珠还是弹珠，绝不会变成其他东西。此刻，他把手伸进口袋，摸出一颗黄色的玛瑙弹珠，它变成了比利时的艾伯特国王。

一声熟悉的重击声传来，把他再次痛苦地带回书房的现实世界。砰，砰，砰，这声音从天花板上一路传了下来，罗伯特正在起床。

"我考虑……"

邦尼立即低下头，看见母亲把手伸过来，握住了他的手。

"……有关后房间的事。我告诉罗伯特，他可以在里面放一张床和一些椅子，按照他喜欢的样子布置。现在，他已经够大，所以总爱独个儿待着。”

邦尼点点头。有时候，当他和母亲单独在一起的时候，他们会这样讨论罗伯特，讨论该对他做些什么。

“当然，如果这样，就没有人和你睡在一起。”

虽然他喜欢她弯下身，用脸颊轻轻摩擦他的头，但是，他宁愿下一次。此刻，他内心感到困惑和迷乱，他把目光转向窗子和潮湿的树，转向被雨水浸透了的地面。窗子上的雨水越来越少，当他刚能看清楚外面的时候，一阵清新的风从另一边吹来，扑到窗玻璃上，眼前的所有东西又模糊起来。母亲吻他的时候是那样充满爱意，而此刻却谈到要罗伯特搬去后房间，要知道，那里是他的比利时城，那里放置着他的幻灯片放映机。她又为什么要做尿片呢？

“你看……”母亲把白布在膝盖上展开，折叠起来，放到其他缝制好的白布上面，它们堆成厚厚一叠，“我们这个家，还需要其他人，至少再要一个。”

“我觉得我们现在过得挺好。”

“也许吧。但是你住的房间，它真是太……”

她把手松开，静静地放在他手上不动。

他立刻意识到：有人要挤入他的房间。就像克拉姆先生寄居在布鲁小姐家里一样，那是在这条街的同一边，再过三座屋子。

“我们不会接受谁来寄宿，是吗？”

“是的，不会有寄宿者，就是如此。这我不喜欢。”

“我也不喜欢。”

克拉姆先生有一只大得吓人的鼻子。他感到心烦意乱，担心清晨一觉醒来，会发现克拉姆先生睡在罗伯特的床上。

“我脑中想的是，你得有个小弟弟或是小妹妹——这不成问题，是吗？这样，在房间里你就不会慌张，不会像你独自待着那样。”

“不，我想我不会，但你的意思是……”

是因为母亲对他不满意，所以想要个小女孩？

当她起身去厨房时，他没有跟着她，而是一动不动地坐着，看着窗帘上皱叠的黄叶图案，看着悬挂在天花板上来回摆动的蜘蛛。

3

虽然早餐的时候书房依然是平常那样，但邦尼知道现在事情变幻莫测，很不确定。走廊里那座大钟仿佛在对他说，他的父亲又回家了，而且会待在家里，整整一天不出门……而有着两面透明玻璃的小铜钟从惯常的静默中发出声音，断言不是那样，它说莫里森先生晚餐后会再次外出……然后它们争论不休。祖父那座大钟的陈述缓慢而复杂，对此，另一座钟的回应简短而明了。“十点差一刻。”祖父的钟说，由于是枝节性的问题，它的声音显得平静。“十点不到。”壁炉架上的小铜钟说。只要它们在继续较劲，邦尼什么也确定不了。

父亲端坐在椅子上，正在看星期日的报纸，他不时神情严肃地翻动报纸的页面，当他大声朗读的时候，他希望每个人都在聆听。

“什么是西班牙流行感冒……这是一种新的病毒……它来自西班牙……这种疾病如今在本国出现,被称之为‘西班牙流行感冒’，它和一种蔓延速度很快的传染性‘感冒’相似，伴有发烧，头部、眼睛、背部及身体其他部位疼痛的症状，此外，还有严重的呕吐感。在大多数病例中，上述症状经过三到四天便会消失，病人迅速恢复。然而，有些病人会衍生肺炎、耳炎或脑膜炎等并发症，在这些复杂的病例中，死亡率很高。这种称为‘西班牙流行感冒’的疾病是否和早年流行的传染病一样,目前还不得而知……”

传染病这个词，邦尼以前从没听到过，他在脑海中想象它，觉得它的形状讨厌极了，甚至比一只便盆更让他恶心。

“……虽然,目前的传染病被称为‘西班牙流行感冒’，但是没有理由认为它起源于西班牙。一些研究这个问题的著者认为，传染病来自东方，他们呼吁注意这样一个事实：

德国人提到，这种疾病发生在一九一七年夏季和秋季的东部战线。”

在沉静中，邦尼的父亲将一条腿架在另一条腿上，很明显，他对传染病颇为关切，犹如他对中国的洪水、国会发生的事情以及家族史深感兴趣一样——因为关注这些事情是他的兴趣所在。

邦尼很小的时候，因为喉咙干燥和焦渴，时常在夜里醒来，叫着要喝水。然后他会听到跌跌撞撞的走路声，还会听到盥洗室的水流声。再后来，玻璃杯的缘口叩在他的牙齿上，他渴不可待地把水喝下，又重新沉入睡梦……直到某天夜里，一个声音在黑暗中响起，从那间房间穿过走廊径直传来：“哦，你自己倒水喝！”这是生平第一次，邦尼真正意识到他有一个父亲。他深为震撼，不得不遵照吩咐去做。

从那时开始，他努力在自己掌控的生活中留一个位置给父亲——但总是不成功。父亲不是那种能够顺应别人意志的人，除非他自己的。比如，他的身材太高大。他的声音太洪亮。他的肩膀太宽阔，身上带有雪茄的气味。在家庭管弦乐队中，父亲演奏钢琴，罗伯特敲小军鼓，邦尼敲低音鼓和铙钹。只见父亲舞动双臂，晃动脑袋，让音乐开始。顷刻之间，乐声惊人而起——在房间空阔的中央飘荡开来，将所有的角落，包括椅子后面的空间悉数占领。

“……与通常发生在寒冷季节的普通咳嗽和感冒相比，这种传染性流感在一年中的任何季节都可能爆发。因此在今年五月、六月、七月，这种传染疾病在欧洲大行其道，来势汹汹。此外，在普通感冒的病例中，常规性的症状（发烧、疼痛、抑郁）绝没有如此严重……”

邦尼看见母亲因为打了一个喷嚏而心有余悸，她无可奈何地闭上眼睛，等着他读下去。

“……其初始阶段也不像流感那样猛烈。普通感冒不会像传染性流感那样，在社区如此迅速和广泛地蔓延……”

邦尼把脸转向他父亲。父亲难道不知道母亲已经厌烦不耐？他还要继续读下去？

“一般，发烧持续三到四天后，病人会恢复……像其他传染疾病一样，一个自身仅仅轻度感染病毒的人，可能会导致他的传染对象严重发病……”

他母亲又打了个喷嚏，她的镇定被彻底摧毁了，她摸索自己的手帕。

“……发生死亡的病例通常是并发症引起的。”

“詹姆斯……”

“哦？”

“读些其他的行吗？”

“当然，只要能使你高兴。”

邦尼的玛瑙弹子，包括最大的和最小的，在沿着书房地毯图案上的一条红带子滚动。也许母亲会产生和他一样的想法：这时候添一个婴儿，既不明智，也没有必要。也许以后……但想起餐厅的墙纸，他感到很确定，母亲会按她自己的计划行事。根据他的观察（偶尔，当他百无聊赖的时候，他会窜到凯尼格家里），他知道那意味着一大团理不清的混乱。

“邦尼，我的手帕弄丢了，帮我再拿一块，做个乖孩子，好吗？”

邦尼点点头。他想，他们必须去买裙子，买针织兜帽，买质地柔软的毛绒衫……游戏将在两个回合后结束，然后他会去拿手帕。他总是要等到把手中的游戏结束，然后起身去做母亲吩咐的差事。这是他们之间的默契。

“儿子……”

父亲把报纸折叠起来放在膝盖上。

“你没听到你妈妈叫你？”

“听到了，爸爸。”

距图案上那个绿颜色的宽大缺口只有一点点距离，那是他的目标，这是一个机会，最小的玛瑙弹子可能……

“那你还磨蹭什么？”

邦尼的父亲和缓地说，但是他的声音和那种不容置疑的表情，就像是两只蛮横的大手，搁在邦尼的肩膀上。邦尼明白，即使他要反抗它们，也无济于事，它们会推着他一直走上前楼梯。

“没什么。”他说着迈开脚步。

走到门口，他回过头去张望，书房像是完全变了一个样。壁炉里面，暗红色的砖块裂开并变得粗糙。还有许多粗粗的垂直线，这是以前他不曾注意到的。而此刻，地毯的图案并没有使他联想到母亲的鞋尖。

小铜钟已经敲完了十点，现在，走廊里，祖父那座钟正在开始，是一阵很大的骚动。祖父的钟结结巴巴，像老人一样清着嗓子。一旦它开始发声，就无法叫它停止。即使屋子倒塌，它也会继续下去，声音是那样沉闷：

当……当……当……

这每一声都在空气中流转回荡，这每一声都和父亲喷出的雪茄烟气互为交缠。

“查理・卓别林结婚……新娘，是个电影演员……”

邦尼眼前出现一个幻影：黑色的衣着，一撮小胡子和一根手杖，外八的双脚。关于对婴儿的想法，他觉得——幸好他没向父亲吐露。

4

从看不见的地方，从走道的那头，传来一阵轻柔的响声：吧嗒，吧嗒，吧嗒……悲哀突然向邦尼袭来，是悲伤和一种不断深化的沉重感觉。在这个世界里，唯一能发出这种声音的东西就是：他的汽艇。罗伯特在浴缸里放满了水，正在玩他的小汽艇。

邦尼站着朝后房间的门里张望，这间屋已经定下归罗伯特所有。现在，里面除了他的村庄，空空的什么也没有了。不久以后，罗伯特将拥有它。罗伯特的衣服会挂在壁柜的钩子上，罗伯特的鞋子会胡乱地扔在壁柜底上，相互交叠着。当邦尼想要回他的汽艇而罗伯特不愿放弃的时候，罗伯特总是说：在谁手里就归谁。

那是因为罗伯特比他大五岁半，即使他提出什么，罗伯特也不会予以理睬。他要从罗伯特手中得到什么东西，只有通过讨价还价的交易，或者通过向母亲诉求。不过她已经很明确地表态，罗伯特将拥有这间房。全都决定了，就像罗伯特决定长大后做一名律师那样肯定——当人们问罗伯特的时候，他这样回答。事情必然这样，绝不会有其他结果（而邦尼想要成为一名建筑师）。罗伯特不会做其他事情，除了运用法律在陪审团面前审理案件，就像他的外祖父布兰尼一样。他有望被授予一根金柄手杖，上面镌刻这样的字样："授予罗伯特·莫里森，心怀敬意的伊利诺伊州洛根县居民谨赠"。

这世上没有什么力量能阻止罗伯特成为一名律师，同样，也没有什么能阻止他拥有后房间。邦尼知道，到时候必须去寻找另一个地方来安置自己的黑板和幻灯片放映机。他还得一件一件收拾他的比利时村庄组件，在屋里其他地方重新搭建，那样就会时时被人走路跨过，还会饱受抱怨。而他的幻灯放映机怎么办？它还能有什么用？除了这间房间，其他地方没有墨绿色的窗帘。他的壁柜没有窗，倒是一片漆黑，但是不够大。再说，他要在哪里接电线啊？

吧嗒吧嗒的声音停止了，罗伯特开始神气活现地自言自语。邦尼听了一会儿，然后走过去用目光扫视盥洗室的那个角落。罗伯特正在慷慨陈词，为了能在盥洗盆上方的镜子里看到自己的脸，他翻下抽水马桶的盖子，爬到上面。他一边保持身体平衡，一边继续演说：

如果你说我不同于
这里任何的苏格兰人……

他的袖子已经湿到了肘部，两只都是这样。他的长袜上有一条裂口，是早餐以后弄破的。他的一条腿僵直地悬垂着。“罗伯特的诅咒。”人们背地里这样说，自然，他不会听到。

几年之前，那时邦尼还只是个婴儿，一个如此瘦弱，必须时时依附枕头的婴儿——罗伯特受了伤。所以，邦尼所知道的全是从别人嘴里听来的：罗伯特怎样跳上一辆马车的后背，怎样被车轮碾过，然后医生必须锯掉他的一条腿，在膝盖上面五英寸的地方锯断它。还有艾琳为什么跑去芝加哥，回来时带了很多漂亮的士兵，是骑兵，被罗伯特放在他够不着的书架顶上。

此刻，罗伯特正在演练。当他对自己的某个手势感到满意时，就会对镜子的映象露齿而笑，然后他会倒过去几句，重新开始：

如果你说我不同于
这里任何的苏格兰人，
无论是在高原
或者是在洼地，
遥远的
或者
近处的，
安格斯公爵，你
说谎！[①]

① 取自英国作家及桂冠诗人沃尔特·司各特的叙事长诗《玛密恩》中的一节，略有改动。——译注（后同）

这幕情景令邦尼感到惊骇，即便是隔着距离，从外面的走廊看进去。邦尼默不出声地后退，进入母亲的卧房，找到手帕，然后带下来给她，重新上楼，不过这次走的是后楼梯。

5

星期日的上午是入侵一座城市的大好时机。当他的想象力将要衰竭之时，差不多已到中午，而场景的变化非常突然。所谓比利时城池的围墙、大门、屋顶、破损的栏杆、塔楼，实际只不过是些摆放有序的简单之物——两只可折叠的饮料杯、一把尺、一块石头、硬纸板、牛皮纸、三支铅笔，还有一个带缺口的木头线轴。一旦他失去想象力，所有的东西都回归本来的面目，他再也假想不出他的士兵在相互喊叫，为守卫一个比利时城镇而竭尽全力。

邦尼在厌倦中起身，走进后厅，那里放着洗衣篮，还有他母亲装氨水的瓶子和碎布，是清洁屋子用的。从现在到晚餐，这之间实在过于漫长，母亲会有方法让他度过这段时间……他摸索着走下幽暗的楼梯，就像在黑匣子里行走。

他在厨房找到她，她把汤匙在桌上一排排摆开，肘边放着打开的银器清洁剂。邦尼不出一声地坐下，弯曲双腿，脚踏在厨房高凳的横档上。厨房相对于屋里其他地方，总像是更为陈旧，其实并非如此。即使它较为过时，也是饶有趣味的。邦尼在记事之前唯独对这里有印象。墙壁由于擦洗变得模模糊糊，不论什么地方，只要是金属或瓷器，表面就闪闪发亮。沿着窗台，是一排种在钵里的萝卜，顶端的叶子郁郁葱葱。

母亲正在擦拭的汤匙，多半没有图案花饰。这全然不是什么有趣的活儿。但是，她一把一把查看，直到发现那把匙，上面刻着她的名字——伊利莎白——以及玫瑰、菠萝、沉落在肯塔基州议会大厦后面的太阳等图案。邦尼立刻拿起一块碎布，开始在母亲的名字上面擦拭，悲哀的情绪随之消失。现在，他是在厨房里，在她的身边，他不可能再去注意罗伯特，管他有没有回到房间。

外面，天色在变亮。有一段时间，雨量忽大忽小。厨房的窗帘明亮起来，然后变暗，再又转亮。这时邦尼抬起头，看见厨房的门打开，是艾琳，她个子高高，肩膀挺直，穿着一件蓝色雨衣。

“很意外吧！”她说。

他向她奔去。

“没人告诉我你会来。”

“很意外，我说得对吗？”

她紧紧抓住他的两条胳膊，捏在他的肘部上方，然后他们开始转动。转动中他感觉房子也在朝不同的方向倾斜，他们一直旋转到地板中央。他们旋转，他觉得母亲也在旋转，烹饪炉也在旋转，穿红围裙的索菲也在旋转，水槽也在旋转……越转越快……越转越快……桌子……炉子……水槽……桌子……炉子……水槽，明显地慢了下来……它们在向上转，再慢下来……

当他们停止旋转以后，厨房还在转，转，在他们眼前再转了一会儿方才停住。星期日，每逢艾琳来他家吃晚餐时，他们都会这样。倒是他母亲显得沉静自若，她从桌边起身去迎候艾琳，在炉灶前面，她们没有拘束地相拥而吻。艾琳是母亲的妹妹，但是模样和母亲毫无相像之处。艾琳的头发比母亲浅淡得多，眼睛的颜色也不尽相同。母亲的发色很深，她的头发差不多是黑色的，眉毛也是如此，她的体型更为硕大。两人在一起总免不了谈论节食减肥之类的话题。“一分预防胜过十分治疗。”她们这样说，然后她们吃质地坚硬、味道索然的饼干，辅以一杯苦涩的清茶（对于艾琳，她只是说说而已，她用不着更苗条了，但是母亲去买衣服，女售货员会说：“需要些什么，让您显得时尚而强壮？”）。她们的手给人的感觉完全不一样，看上去也完全不相同。从艾琳手中，传递给他的是兴奋；从母亲手中，他感受到的是爱，是她对他的爱。艾琳和他母亲是一枚硬币的正反两面。然而，她们似乎从来没有意识到彼此的差异。她们爱在一起，常常，她们彼此谈论的事情对其他人没有什么意义。例如，如果艾琳谈到“黄油是我的追求”——她们两人都会一下变得异常亢奋。当他质疑这有什么滑稽时，她们只是会心一笑，不做解释。

“有什么够我一饱口福的，贝丝？”

邦尼朝母亲看，她点头的时候，他的心踏实下来。如果艾琳马上就走，对他会是个很大的失落。

“我是说很丰盛。”艾琳强调，“如果不值得，我留下没有意思。”

然后，不等回答，她就走过去脱她的外套。

邦尼紧跟在她的后面。他们经过餐厅的时候，似乎带进一股令人振奋的气息，所有一切都准备骚动起来。虽然只有十二点十五分，书房里的小铜钟开始敲打。艾琳做事总是那样粗枝大叶，谁都能轻易从容地把套鞋脱下，可她，一只被甩到地板中央，另一只落在门厅衣帽架下面。当她用力扯下手套的时候，楼上爆发出一阵响亮的歌声：

哦，当我死的时候
千万不要将我埋葬，
只需把我的骨头
浸泡在酒精里面……

邦尼觉得有必要向她解释。

“只是罗伯特，”他说，“他在楼上，在玩我的汽船。”然后他又想到一件事，“阿格尼丝怎么没来？”

“在她祖母希勒家里。她会在那里待一天。”

阿格尼丝去她祖母家倒并不值得奇怪，不过艾琳和小阿格尼丝一起来访已经成为一种规律。晚餐以后，他会和阿格尼丝在沙发后面玩过家家游戏。阿格尼丝做妈妈，她铺床，掸灰，扫地，和杂货店老板打电话交谈（他扮杂货店老板），为放学回家的孩子们准备午餐，孩子由饱满的沙发坐垫充当。在一天将要结束之际，父亲回家（他就是父亲），拍打所有不听妈妈的话的沙发坐垫，并给所有听话的发口琴。

通常，星期五是阿格尼丝去她祖母家的日子。星期五这天，母亲和艾琳会去桥牌俱乐部。放学后他和阿格尼丝一起走回家——阿格尼丝去她祖母希勒家，他去自己祖母莫里森家，祖母和克拉拉姑姑及威尔弗雷德·佩斯利姑夫住在一座正方形的白屋里，和阿格尼丝祖母家在同一个街区。五点三十分的时候，母亲会坐在车里叫唤他上车，艾琳和她同在车里，她们穿着最好的衣服。然后他们又停下载上阿格尼丝。通常都是这样，所以他并没有对阿格尼丝今天没来感到异样。只是刚才艾琳还兴高采烈，而现在，他发现她的目光郁郁闷闷地从他头顶扫过。

“艾琳？”

显然她没有听到。如果他把想要知道的事说出口，她可能不会高兴,可能会叫他“好奇鬼”。为了让自己不再问下去，他把眼睛转向她的手袋，它在她的食指指尖来回摆动。

“艾琳，为什么阿格尼丝在她祖母家？”

“她在那里见她爸爸。”

手袋停止摆动，它滑落到地上。邦尼深为惊异。他弯下身为她把手袋捡起，但是她没有急于接过来。阿格尼丝的父亲是博伊德·希勒姨夫，但是家里没有人提起他，即使有，也总是以他姓名的首写字母——B.H.，不叫他的名字。自从他们不得不上法庭从他手里要回小阿格尼丝后，就不再提起他。这以后他就离开,他们不知道他去了哪儿，也没有他的任何音讯。这种状况有很久了，如果他现在回来，意味着有多种可能，可能是来带走阿格尼丝，要不就是艾琳必须和他一起生活，像以前那样。还可能……

歌声又响起来，从楼梯平台上传来，就在他们正上方。

不要吐痰
这样最好
它胜过
吐得远远
把墙弄糟。

罗伯特现身，手中拿着汽艇，嘴里唱着。他一定是懒懒地梳过了头发，可一缕缕金发还是从各个角度翘了出来。艾琳一见罗伯特，脸上立刻泛起光来，打一开始，她就最喜欢罗伯特，对此，邦尼并不在意，他有母亲爱他。再说，在他不想做户外活动的时候，艾琳从不对他非议。

“别把知道的事都说出来，邦尼。”

此刻，艾琳移步向楼梯走去。邦尼摇摇头。有时候他会的，他会把他知道的事情全说出来，但他并非故意。这时他几乎能够肯定，罗伯特（他不喜欢人们吻他）会在艾琳接近他之前突然逃走。

6

艾琳能使平淡无奇的事情变得令人不可忘怀。

在邦尼眼中，程序似乎总是这样：一旦父亲为母亲拖出椅子，他们就全坐下，开始用餐。

因为艾琳在场，这便成为一个美好的时刻，就像感恩节和圣诞节一样。他们怀着比平时更多的期待打开餐巾。他们谈论无关紧要的事情，仅仅为了打发时间而已，等到索菲端着烤鸡出现，这个非同寻常的时刻便突显出来。然后席上发出一阵感叹，母亲不安地俯身前倾，担心这鸡会像看上去那样，烤得不到火候。邦尼则注视着鸡腿，其中一条腿该归他所有。这几乎成了规律。

“看你馋涎欲滴的样子。”父亲用分肉叉指着他，所有的人都笑了，甚至连索菲也笑起来。

然后父亲仔细打量烤鸡，紧张的时刻终于到了，刀子切入其中。邦尼忍不住想：太妙了，以后大家会念念不忘，把它视作迄今吃到的最棒烤鸡。

“给我一点就行，詹姆斯，”母亲说——因为她总是第一个被父亲伺奉，“不要土豆。”

“我说，你得多吃东西，否则你会体弱多病。”

“是的，我知道……在星期五俱乐部，阿梅莉亚·谢泼德说起皮奥里亚的一个妇女……”

“这毫无理由。”父亲说，情绪有些阴郁。然后他的不快过去，因为没有反对的意见，他继续切鸡。把一小块鸡胸肉给母亲，而一块硕大的送到艾琳面前，当罗伯特得到他爱吃的鸡翅膀时，邦尼觉得看来没有什么可以留给他了。他飞快地别过头，把自己的注意力投向窗帘上登山的日本朝圣者，他们在窗帘的褶皱中进进出出。他听到索菲在他后面经过，然后走回桌子的另一边。他睁开眼睛，鸡腿在那里，就在他的盘子里，边上还露出叉骨呢。

邦尼心中满是快乐，他环顾周围那一张张脸。母亲的眼睛呈深褐色，像他一样，而罗伯特的眼睛是淡褐色。住在罗克福德的埃塞尔阿姨也是淡褐色，但是，艾琳的眼睛是灰色的。

看着艾琳，提醒了他，他羞于自己下垂的溜肩（她的肩膀是如此挺直），他尽力耸起它们。没有人注意或是评论他的姿势，所以片刻之后他就放松下来，开始专注地吃东西。

谈话转入严肃。他们谈到战争，谈到传闻战争就要结束，谈到上届选举，父亲很热衷于这些话题。邦尼说等他长大，会投票给共和党人，因为父亲是共和党党员，是他的表率。事情肯定这样，他的同学阿瑟·库克的父亲是民主党党员，他们有一张威尔逊总统的照片，配了镜框挂在书房壁炉上方。但是邦尼的父亲说，这纯粹是犯傻，愚蠢至极。当休斯参加竞选，挑战威尔逊时，阿瑟·库克在外套的翻领上佩戴一只小铜驴，而邦尼佩戴一头大象。那时，有好一段日子，下午放学回家，他们没有结伴而行，但是现在一切都过去了，他们和好如初。

“他真聪明，我承认……”

父亲从碗里倒走最后一点肉汁，然后把碗递给索菲，让她去加满。

“非常聪明，但是当他以美国国旗的名义，要求这个国家的人民改选一个民主党国会时，他犯了个终生大错。以国旗的名义，他要求人民受政党控制。他这样说的时候，就是从总统的要职上走下来，成了不折不扣的民主党领袖。我想知道，一个总统还能犯什么更大的错误！”

虽然父亲的眼睛对他直视，可邦尼知道，父亲并不期望他回答。

这个没有得到回答的诘问悬浮在空气中，仿佛在激起力量，激起巨大的信念，父亲使劲把自己盘子里的土豆捣碎。

“你们倒是说说，这对他有什么用？他失去了对白宫和参议院的控制，两者都失去了。当然，他依然还是总统，他们不可能罢免他。只要这个国家还处于战争状态，人民就应该本着爱国的宗旨，支持他。但是，宪法没有赋予总统完全控制立法机构的权力，无论是战时或者其他时候。

当他的个人野心得到助长，当民主党南方派系的野心得到扩张，他们把国家的财政和税务机器搞得一败涂地——如果你能面对现实的话——国家的经济福利受到损害，这全是为了……”

邦尼在他的椅子上不舒服地扭动。他想起一些他想要告诉母亲的事情，是关于阿瑟·库克的。父亲口若悬河、滔滔不绝之际，本该属于餐厅的静谧像是逃遁到了屋里其他地方。他想到楼上的卧室，它们此刻是多么安静。他母亲表情淡然地吃着沙拉，对威尔逊总统了无兴趣。当她放下叉子的时候，他本可以斜靠过去告诉她——但这是很难描述的事情，特别是它们已经发生了。他想到的事情陆续出现在他眼前——学校操场、枯秃的树、沙砾、走道、炉子间，还有沿着建筑物南端延伸的屋檐。在如此多的事情中，该从哪里开始讲呢？

如果是罗伯特，他不会有任何表达上的困难。“我们在玩‘三深’[①]游戏，”罗伯特会说，“后来阿瑟·库克病了。”

---

① 一种美国旧时的儿童团体游戏，游戏者分成两队，围成两个紧贴的同心圆，各出一人在圈外一逃一追，逃者被抓住则互换追逃。

要是罗伯特，话到这里就结束了。罗伯特不会觉得应该解释，阿瑟怎样跑了两圈谁也没有捉到，便想中止游戏，说："我感到不舒服。"还有，他怎样走到自行车停放架边上坐下。

"上星期五在学校……"

但邦尼的声音过于响亮。

"这是怎么啦，儿子……"

父亲让威尔逊总统暂靠一边，将自己的注意力全都投向邦尼，以致使他产生一种体无遮掩的羞耻感，好像裸露在耀眼的灯光之下。

"……你能不能保持安静，让我把话说完？"

仅此而已，他父亲并没有说什么尖刻的话，并没有把他排斥在餐桌之外，他也没有受到惩罚的威胁。然而，邦尼悲哀地把目光缩回到自己的盘子上，再也没有什么能够恢复他今天的快乐。

父亲着手用餐，谈话就此中断。罗伯特开始解释他在学校怎样做领带架。

"用一片这样长的木头……"他用手比划木头有多长。

邦尼瞥了一眼艾琳，她对罗伯特的领带架不感兴趣，他也是。他对罗伯特的任何事情都不感兴趣，除了那些罗伯特不让他玩的士兵，它们是罗伯特最最宝贝的玩物，是他的命根子。

“把它刨平，再用一张砂纸……”

通过餐厅的窗，邦尼能够看见老约翰在后门廊伸出脑袋，搁在它的黑爪子上。约翰又老又弱，冬天它的腿会犯风湿病，所以得把它带进带出，去看兽医。它的一半日子用于寻觅以前挖出来的骨头。没人在它身边的时候，它常常会无助地甩动尾巴。

终于，罗伯特结束他关于领带架的话题，然后，母亲和艾琳就她们各自的食谱交换心得。

“搅动它，”母亲说，“不改变勺子搅动的方向……”

“放入冷水，”艾琳说，“然后把它煮沸，用慢火……”

有一次，当她们进入洗手间，艾琳穿着薄睡衣，她说：邦尼·莫里森，别看我的腿！这让他脸红了好一阵子，但是，她为什么……另有一次，他们在城镇边缘步行漫游，带着要阅读的书和用硬纸盒装的三明治。他们走到第一条林荫小道（那是六月天）就停住，在一棵树下安顿好自己。艾琳为他朗读书本，是比利时男童英雄的故事。一头奶牛从栅栏的另一边走来，注视着他们。等到他们饥肠辘辘，就打开盒子把三明治一口气吃掉。这是一年以前的事情，路上尘土飞扬，把空气弄得沉甸甸的。艾琳的朗读声动人心魄，像宝剑在头顶上方的叶丛里铿锵作响。

他试图引起她的注意，问她是否还记得那天他们去城镇边缘的情景，但是她像是漫不经心，带着和刚才在前厅时一样的迷茫神情。母亲正在谈论卡尔：父亲会不会安排卡尔下星期的某天过来？星期一或星期四，把纱窗纱门卸下。

其间，罗伯特毫无拘束，每样食物都一遍一遍地吃了三次，他在一整片面包上涂满黄油，其实他不该这样，应该先把面包扯成小片，然后涂上黄油。留给老约翰的只有很少了。

索菲走来收拾盘子，邦尼注意到餐桌上所有的人都缄默无语，通常，在索菲擦拭桌上的面包碎屑时，这种沉静会持续，直到她带着奶油回来冲咖啡。用过餐后甜点，母亲和艾琳讨论起服装。有些衣服是——他母亲说——以背后的褶收紧的。

邦尼实在想不出，这些东西能给她们带来什么乐趣。本来，他可以在罗伯特走的时候离开桌子，或者在父亲起身去书房时离开。每逢星期日下午，父亲要去书房打个小盹。但是他有事情必须和母亲说，他等着，直到她们的谈话中断，直到艾琳开始翻弄《精品》的书页，这杂志是她随身带到餐桌上来的。

“在学校里，我们玩‘三深’游戏……”

“海豹皮的宽腰带……”

艾琳拿起杂志给他母亲看。

“……配霍布尔裙。”

“腰绷得太紧了。”母亲回应，“我不想买任何不是按着马戏帐篷的轮廓剪裁的裙子。”

邦尼的眼睛盯着桌子对面，希望看到一头大象的图片，但是根本没有。书里除了妇女的服饰什么也没有：全是有皱裥的外套，要不就是女式衬衫。他心中满是怨气。

“妈妈……”

“你可以穿那件，艾琳。”

母亲拿过杂志，满怀热望地翻看。

“但是你也能穿！”

“别犯傻。”

“才不会呢。”艾琳激动起来，只要一点很小的火花，就足以将她引爆，“仿制它很容易，贝丝。让那里再宽松一些……”

邦尼想到学校操场：沙砾和泥土，几乎没有一点点青草，枯秃的树，自行车停放架，还有阿瑟·库克病恹恹的眼睛。

“妈妈，听我说！”

他说话的声音比此前更大，还拉着她的袖子。

她乘势握住他的手，他明白，她听到他说话，早就听到了，她迟早会来关注他，听他说什么，只是，现在他必须保持安静，在她们结束谈话之前，他不能打扰。

7

邦尼的午睡接近尾声。没有声音，没有动作，他感觉他的身体离开沙发，在某个星球自由无拘地游走——粉红色的火星；带着一圈又一圈光环的土星。他的梦慢慢趋于微弱和淡薄，然后幻象开始从他周围撤离。当他飘回地球的那瞬，发出一阵强烈的嘈杂声……之后，他忽地醒了。

客厅的另一头，艾琳和他母亲在做一次重要的谈话。她们的声音轻而平缓，他只能一个词一个词地分辨。

“你能肯定不是因为战争？”母亲说。

“为什么会那样？”

邦尼想看她们，但他不敢。艾琳可能会注意到他，停下不再说话。这是必然的，如果人们发现他在偷听，都会如此反应。他们常说一句话：“人小耳朵长。”另一方面，他有办法避开人们的注意——比如非常安静地在桌子下面和椅子后面玩，或者，如果夜晚在外做客，他会装得疲倦不支，以致他们不得不把他放到某处的长沙发上，为他盖上衣物。如果他的眼睛一直闭着，并且平稳地呼吸，过不了多久，他们会认为他已经睡着。用这种法子他探听到很多事情。

“好，因为，”——现在母亲的声音变得更为清晰——“因为他的公司要迁往法国，你可能再也见不到他了。这是可能的，艾琳，不会再有更多的事了。”

“有这可能，但我觉得不是……我希望你见见他，贝丝。他看上去非常衰老。”

“我们都会这样，昨天我发现我有三根白头发。”

邦尼的记忆在脑海里轻轻地搅动起来，他想起在一个楼梯口，那是他经过的无数角落中的一个——不是这里，不是家里的楼梯口。他非常小心地朝下看，他看见阿格尼丝在她父亲的怀里又踢又扭，显然，阿格尼丝是吓坏了，她不住地喊叫："我要妈妈……我要妈妈……"她一遍又一遍地喊叫。邦尼记不清这是在谁家里。这记忆是朦胧和不确定的，就像一个在用早餐时忽然想起来的梦：博伊德姨夫抱着阿格尼丝，他们就在门的旁边。这事情不同寻常，可能需要详细解释才能明白，但是他不敢问。然后，艾琳从他身边走过，自言自语。他对她说话，但是她神情恍惚，甚至不知道他在那里。她在楼梯口停下，好像刚想起什么事情，接着，她往下走，走一步晃一晃，跌跌撞撞。

"他的衰老和别人不同，他的模样悲哀，这很难解释清楚。"

"不要多想。"

"但是如果你看见他！他总是一副心事重重、若有所思的样子——甚至在他和你礼貌交谈的时候——他的失落感，沉重得简直不能承受。"

"那是谁的错呢？"

邦尼从没听到过他母亲的声音这般冷漠，他不能相信。

"是他自己，我想——但是在某种意义上，每个人都会如此。"

“某种意义，但是我记得你和他在一起的最后两个月，我记得你简直就成了一个疯女人。”

“我知道我是那样，不过主要是因为阿格尼丝的缘故。他喜欢猜疑，但是，每当我试图记住他发脾气时的狂暴，记住他的不可理喻，我总会觉得，事情全是我开的头。”

虽然邦尼的眼睛几乎是闭着的，但是他瞥到了客厅里的景象：苔藓绿的墙纸，绿地毯，远处角落里的绿色影子，艾琳和母亲就坐在那里谈话。他还没有醒透，所以他看到的东西显得有些古怪。白色的木质门框仿佛是和墙壁分离的，椅子的形状也模糊不清。他口中念念有词（神奇的咒语），沙发的背立刻弯曲成各种不同的形状，椅子扶手上雕刻的葡萄也突了出来。用三根链条挂在天花板上的倒碗形金色大吊灯，一会儿小得像是一块花生酱巧克力，一会儿又大得如同肖托夸运动场的浅水池。每当他眯起眼睛，墙壁便松脱开来，没了形状。

他忘了跟踪她们的谈话，当他收回注意力，重新听的时候，艾琳说：“……她和她的儿子在一起，是个约莫十一岁的少年。每一次他们来到甲板上，她都会打他，因为他把他所有的明信片都寄给了同一个男孩，而不是分散发送。

“博伊德很生气，他看不惯这种令人厌烦的事情，我解释之后他还是不高兴。这根本是无足轻重的小事……”

邦尼的上下睫毛相拂，立刻在眼前纠结起来。对着从凸窗射进的光线，邦尼觉得它们像是一支支又大又长的矛。他母亲起身，向壁炉架走去。然后她回来，坐下，把一只盒子放在膝盖上。

“你吃糖果吗？”

“刚用过餐，你怎么这样没有节制，贝丝？”

“你忘了当时你是什么样子……”

“哦，当然。实际上，我是忘了。我是说我忘了你是……但重要的是，人们往往会对同样的事情发笑，或者，至少是以差不多的方式享受它们。”

“如果你回到他身边，艾琳，你会发现……”

“今天中午，我带阿格尼丝去的时候，他在那里。反正，我走了进去。我想我本不该去。但是我想麻烦已经够多，我何苦再去制造什么麻烦，这毫无意义。”

上一次，博伊德姨夫离开之前来过家里，邦尼看见他。那时邦尼正在和一只瓷狼犬玩，布兰尼外祖母去世之前，它一直在她家。他从前窗望出去，看见博伊德姨夫正走过来。门铃响起，父亲去开门，博伊德姨夫又高又瘦，头发有些花白，他问："艾琳是不是在这里？"父亲说："我无从知道！"

"博伊德显得很高兴。他问候你，贝丝，还说他是多么想念你……"

"是吗？"

"我起身离开的时候，他和我一直走到前门步道。我们在拴马柱旁边停步，我说再见，他也说再见。他见到了我真的非常高兴，然后他很正式地和我握手，好像我是一个从苏格兰来探访他的女士。再后来他精神彻底崩溃……他说——如果我告诉你，你不会相信。他站在人行道上，脸颊挂着泪水……这是一个错误，整整两年了，他意识到这完全是个错误。他发现，不论在哪里，他都在寻找我，所以他不得不时时抑制自己。去剧院或是在公园散步，他会注意到某个背后看像我的女人，他跟在她后面，他想可能……”

当母亲站起来的时候，邦尼眯起眼睛看，她手中拿着糖果盒，把它放回壁炉架，在那里它不会这样继续诱惑人了。然后她说：“谈起妇女的背影——前不久，我把罗伯特叫到一边，我要他答应，如果我有什么不测，就把我的雕花杯全都砸碎。我不想让别的女人在我死后使用它们。”

邦尼突然把眼睛睁开，在这紧要关头他记起自己是假装熟睡，他赶紧闭上眼睛，然后再打开——非常小心谨慎地。一支支光的长矛在眼前挥舞，他觉得自己来到一片绿色的玉米地里。

8

艾琳起身回家的时候，下午最紧张的时段已经过去。艾琳走后，邦尼就和母亲单独在一起。很清楚，母亲因为某件事情而沮丧，她停止缝制尿布，面带沉思，对着壁炉的火焰久久凝视，她叹了一口气。

这时，邦尼告诉她有关阿瑟·库克的事情，告诉她阿瑟怎样在学校里病倒。在教室外面的走廊里，邦尼听到护士对他的老师说，这是一个明显的流感病例。毫无疑问，这个话题令母亲深感兴趣，在整个谈话中，她坐在那里焦虑地看着他。为了让她听明白，他对自己的某些叙述，必须加以重复。

“邦尼，为什么不早点告诉我？为什么上星期五你不说，偏偏等到现在？”

他开始详尽地解释，但是她已经拿起电话听筒。

“我要打电话给阿瑟的母亲，问问他怎么样了。我想到些事情，你能帮我去办：家里的奶酪用完了，索菲忘了订购。如果晚餐做玉米面包，还需要黄油。半磅……是的，对了……我可以让罗伯特去，等他童子军聚会结束，但是他可能很晚回来。”

意想不到的事情总是会发生。莫里森祖母说，空枪能杀人。他必须穿上套鞋和外套，戴上帽子和手套，出门去。

平日，他一放学就直接从学校回家，这样，他可以和母亲亲密相处。四点一刻的时候，索菲会把茶车推进来，这是他们两人的温馨小聚：小蛋糕上蒙着一层白色的糖霜，一杯牛奶是给他的，茶是给母亲用的。然后他坐到母亲膝盖上，她给他读《图瓦奈特的菲利普》或《空心树和森林深处的书》，读关于克罗先生和馅饼的故事。或者《负鼠先生》里赛拉斯叔叔到城里拜访格伦伍德表弟，然后伴同一个“人”，带着大量新衣服以及一包闪亮大手杖回家的故事。

他母亲为他读故事的时候，她的声音柔和地从上方传下来，令他陶醉。这声音仿佛在随着壁炉的火焰起舞，就像火焰一样，这声音里晃动着各种各样的影子。当她读的时候，他偶尔会抬头看，发现她打呵欠，或者发现她停住，失神地注视壁炉，所以，他必须提醒她继续读下去。

但是今天，在父亲回家之前，他和母亲并没有这样的愉快时刻。当他猛地拉开后门，头顶上的天空已经放晴，稀薄的空气显得冷漠，老约翰在摇摇摆摆中将举起的爪子向前伸出。邦尼有所意识，这是它想要跟随他的一种姿态。但是除了摆出姿势，老约翰并没有更多的举动，然后，它软绵无力地倒在它身下的那方地毯上。

如果是罗伯特，邦尼悲哀地想——如果是罗伯特叫唤它，老约翰肯定会起身跟随。

他走过花园，希望目击到不期而遇的景象。但是只有阳光如此均匀地在地面铺展，如此坚韧地在葡萄藤架上面保持缄默，邦尼的到来一点都没有搅乱这片宁静，只有白杨树显得有点猝不及防。当他捡起一根树枝并折断它的时候，上面几片残剩的叶子发出音乐般的晃动声。

这一刻，邦尼生出攀爬厨房屋顶的冲动，屋顶在烟囱后面开始朝下倾斜，几乎就要接近地面，就在地窖的楼梯旁边。然后他转身，径直向前门步道走去。篱笆上的一根铁桩不知去向，从前他只需稍稍低一低头就可以从那洞里钻出，可现在他必须加倍地弯曲身子，用力挤出去。他长大了，穿九码或九码半的鞋。然而和以前相比，院子离人行道的距离似乎并没有变。他低下头，眼睛凝视水泥路面，开始往那家小店举步，他要尽力避开路面的裂缝，因为：

踏到裂缝
你将撞伤你妈妈的背。[①]

在转角上，他漫无目的地抬起头，他的目光和头顶高处的榆树枝相触，树枝遮蔽着空空的街道，街道上散布着枯黄的落叶。洛莉女士的小店位于下一个街区，她的门廊

① 一种旧时的儿童游戏，游戏者若踏到路面铺石的缝隙则出局，同时也成为了要人们注意走路不被绊倒的提醒语。

陈旧破败，摇摇晃晃，很多地方向下凹塌，但它还是具有足够的高度，不会让人站不直身。在洛莉女士的门廊下面，三个男孩正跪在硬地上，伸出手臂玩弹珠。约翰尼·迪安、费里斯（他抽烟）和迈克·霍尔茨。这个下午开始让人难以猜透——虽然已经雨过天晴，一尘不染的透明天穹一直延展到远方的尽头。

邦尼已经穿过十字路口，由于害怕，他感到双膝困乏无力。当然，现在他还来得及返回，他可以回家，然后过一会儿再出来。但是，转身背离小店，再穿过马路回去，母亲会怎样想？迈克·霍尔茨没有看见他，但是他看见了迈克·霍尔茨。看到对方那张白色的脸，带着嘲弄的表情，帽子斜拉下来罩着一只耳朵，指关节肮脏而粗壮……如果能够一下子走上台阶，邦尼轻轻地在心里嘀咕。他终于走上台阶，他的惊恐也达到极点，为了安全，他赶紧把身后的门关上。

洛莉是个中年妇女，身体摇摇晃晃，就像她的门廊。她头发后面的发髻上插着一支黄色铅笔。邦尼对她心怀感激，就像此刻他对所有一切都充满感激一样——琳琅的货物陈列在盒子里、容器里，以及一直升到天花板的货架上。每样东西的数量都很可观，有好多篓苹果和甜橙，还有用薄纸裹着的梨、个头硕大的卷心菜。而最惹人注意的是—— 一个年岁很老的妇女，她正在为自己的披肩而费神。

洛莉女士在一只纸袋上合计总数，她停下来对他看，在她的眼神里，邦尼看到的似乎都是数字和算术。

“你是不是着急？”

他摇摇头，他根本不赶时间，丝毫没有。他此刻最想的就是有时间让他静静站着，就像太阳和月亮恒久地为约书亚而照耀。

老年妇女还在那里拖沓，她不断地吮吸牙齿，直到把披巾上的大头针取下。

“七，”洛莉女士继续计算，“售出两个。”

邦尼把鼻子贴在玻璃橱上，目不转睛地注视，他仿佛尝到橡皮软糖、甘草糖、焦糖、玉米糖的味道。

“在芝加哥，”那老妇人说，这时她把围巾严密地围在肩膀上，“我听说那里有人死于流行感冒，圣路易斯也有人病死。”

想象中，一个令人愉悦的声音在说：“请自便，邦尼，只管到橱里拿你想要的东西。”

洛莉女士把铅笔插入脑后的发髻。“到处都是疾病。”她说。“走近点，”几乎就在同时，她问道，“要些什么，小男孩？”

“奶油，”邦尼对她说，“还有半磅黄油。”

然后，他希望通过各种各样的办法拖延时间，他追赶洛莉女士那只玳瑁色的家猫。猫跳到一只饼干桶下面躲着。

“还要些什么？”

洛莉女士拿给他奶油，又从老旧的冰箱里拿出黄油。他没有什么其他的要买，没有理由再逗留下去。他只好转身离开，和那个老年妇女一同出门。台阶是湿的，所以他们两人都走得很慢。当老妇人走到人行道上，她停下来歇口气，动作僵硬地用一根手指顶着鼻孔擤起鼻子。这使邦尼很不舒服，他觉得喉咙犯恶心。

他跟着老妇人过了马路，他记起第一次他看见有人做这种动作。是一个农夫，那时他们驱车去乡下查询此人的保险费。父亲把汽车停在农舍，他们从栅栏底下爬入，并肩穿过一片雏菊丛生的草地，进入一块农田，那个人和他的马都在田里。父亲和此人谈论小麦的价格——到底是立即把它们卖掉有利，还是搁置一段时日出手较好。在他们四周，绿色的玉米发出一种声音，好像……

“他在那里！”

没有任何预兆，一个声音突然喊出来。是胖小子霍尔茨的声音。树木在摇摇摆摆，前俯后仰，邦尼脚下的人行道也变成了讨厌的障碍。他开始跑，以他能够达到的最快速度飞跑，直到几条腿从后面绊住他，有几双手将他扑倒在苦涩的泥土里。

罗伯特怎样会来到这里，是谁在这紧要关头把他叫来，邦尼不知道。罗伯特在这里，这就足够了。罗伯特把欺负他的人一个个拉开，然后赶走。邦尼坐起来，他看见自己的长袜破了一个大洞，膝盖正在淌血。

“前面全是我的朋友。”罗伯特说。

马修斯、斯库利、贝里希尔、诺韦都穿过马路，走到对面去了。没有人回一下头。

“在大伙面前，”罗伯特说，“你都不敢出手回击。”

连罗伯特也鄙视他。邦尼看着散布在人行道上的碎玻璃和白色污渍，眼中流出泪水。

9

壁炉架上的小铜钟急剧地敲打了七下，清楚地表明：一九一八年十一月的这个以静谧与无法估量开始的星期日，差不多就要过去。

邦尼坐在窗边的位置观察，小地毯就像是流动在桌子和白色长书架之间的河流，在母亲坐椅的地方转弯。灯光斜照下来，落到她头上，落到她衣服的蓝色调上，深入她衣服的褶皱和口袋。

当小铜钟结束敲打的时候，祖父的钟清了清喉咙，开始结结巴巴地发声。在机械的激荡声中，罗伯特一只手用力拉住电灯线，另一只手翻动书页，他正在读《泰山和奥帕的珠宝》。

祖父的钟结束敲打，（正式）是七点钟了，邦尼和母亲交换了一下目光，父亲起身，把一根新的原木投入壁炉的火中，然后拿出一副纸牌，牌面朝下地在书房桌子上排成一排一排。如果晚餐后他们留在餐桌上的时间太长，父亲就会焦躁和厌烦。他常常人为地中断谈话，走进书房，在那里，他开始洗牌和没完没了地发牌、翻牌。邦尼则乘机退回到母亲身边。

“每年这个时候，”她说，“在十一月，好像天黑得特别早。”

当然，她想表达的另有其事，尽管她并没有言不由衷。当父亲因为注视母亲而停住翻牌的时候，邦尼并不感到吃惊。

“我倒没有注意。”

他们彼此用这种方式沟通，这是邦尼不理解，也从来没有经历过的。他们通过点头和静默，通过母亲饱含疲惫感的嘴唇曲线，通过父亲从眼镜架上方透出来的探询目光，来做相互间的交流沟通。邦尼感到自己双膝沉沉，他朝窗外望去，屋里的景象映在窗玻璃上，外面什么也看不到，他拉上身后的窗帘。正如母亲所说，外面已经一片漆黑。从凯尼格家窗口透出的灯光落在他家步道上，照亮他家水池的一角。此刻如果他是在花园里，带着一只手电筒，他可能会看见昆虫在冰凉的草丛里爬动。如果他待在户外时间够久，他会听到黑鹂的鸣叫，听到一队队长途迁徙的大雁越过茫茫夜空……他将窗帘滑回原处，他依然什么也看不到，除了屋里的映象。夜色（以及隐藏其中的一切）与他完全隔绝，就像载着神奇动物的马戏团马车，它的边板没有被移除。

“今天下午，我顺便拜访了汤姆·麦格雷戈。”父亲说。

“方块七，亲爱的。”

“我看到了。”

“哦，也许，但是刚才没有。”

虽然母亲没有用心去注意，但是，在父亲翻开正在寻觅的黑桃五和方块七时，她似乎凭直觉就已知道。当他父亲开始作弊，她在房间那头就能清楚地判断。

“我刚才就看到了。”

“梅花杰克，那么……他怎样啦？”

“你说谁？”父亲问。

“汤姆·麦格雷戈。”

邦尼怀着浓郁的兴趣听着。麦格雷戈医生，是他为邦尼割除了扁桃体，是他缝合了罗伯特眼睛上一条长长的裂缝。伤口是罗伯特从自行车上摔下时划开的，他的手术高超，几乎没有什么疤痕。

“他新增了一条猎犬。”

“他养几条狗？”母亲突然坐正身子，在她的缝纫用具里摸索，直到找到她的针线包。

“三条，我记得。但是其中一条狗肚里有蠕虫。真的，我简直无法让他谈论其他事情。”

“你看到过它吗，爸爸？”

父亲把所有的牌扔到一起，然后把牌面朝下的挑出来，翻成一致朝上。常常，为了一个答案要等上很久，这让邦尼难以忍受。

“爸爸，你看到那条有虫的狗吗？”

“是的，儿子。”

“它看上去什么样子？”

父亲在回答之前，哗啦哗啦地洗牌，把声音弄得很响。

“是一条英国赛克犬。”

邦尼失望地从窗边的座位站起来，走出去。他要去厨房，去找索菲，和她谈话不会在应该开始的时候停止。

去厨房必须经过餐厅，餐厅几乎漆黑，然后是餐厅和厨房之间的配膳室，也同样是漆黑一团。前面的厨房是明亮和安全的，但是邦尼一想到头顶上的黑洞就不舒服——楼上走廊的端头，那里通常不开灯，还有更可怕的后楼梯。

“我想去看看索菲在做什么。”

母亲的点头让他的心安定下来。她好像在说：“很好，宝贝，但是走快一点，别看你的后面。”

从配膳室进厨房的那扇门下，渗出一道黄色的灯光。邦尼听到里面的声音——索菲的，然后是卡尔的，再又是索菲的。他们在用德语相互交谈，但是当他推开门的时候，他们的话音停住。“喂！”他说，厨房里的暖空气立刻包围住他。

“巴比，今晚过得怎样？”

卡尔穿着雨衣，身体笔直地坐在厨房椅子上，脸颊上淌着汗水的细流。

“我的名字不是巴比，是邦尼！”

“是吗？”

不论邦尼纠正卡尔多少次，卡尔始终改不了口。他根本就记不得，他总是将两只大手一起按在肚子上，上下摆动他的脑袋。

“那很好。我一直在想——你说什么来着……巴比？”

索菲笑了起来，把厨房水槽里的碟盘弄得咯嗒咯嗒地作响——虽然说不上什么特别的理由，可邦尼能够理解，为什么她会这样兴奋。每个星期日晚上，这里都是谈话的场所，卡尔会在晚餐后现身，不论是雨天或晴天，他会用脚在垫子上来回擦动，轻轻敲一下门，然后进来。当索菲洗涤盘子和弄干它们的时候，卡尔穿着外套，坐在那里等着。如果邦尼来到厨房，卡尔会点燃烟斗，把邦尼举到膝盖上，给他讲一个故事。

这个令人不安和荒诞不经的白天，让他思虑重重（婴儿将要来到，罗伯特将要占有后房间），现在终于过去了，遭遇胖小子霍尔茨的不愉快事件同样也过去了。此刻，邦尼让自己置身于皮革和烟丝的气味中，置身于卡尔宽大肩膀的安慰中。

卡尔讲的故事总是那样千篇一律。在卡尔某个语句的诱导下（“沟已经挖得非常深了……”），他仿佛看到卡尔的曾祖父在泥土里挖掘，水已经漫上他的脚踝。他看到树倒下，听到大风在猛烈吹刮，吹到了沟里，直到最后把卡尔曾祖父的烟斗吹熄——在邦尼的料想中肯定会这样。然而，卡尔曾祖父的烟斗并不比叼在卡尔牙齿之间的真实烟斗熄灭得快，尽管卡尔的烟斗又大又深，也燃尽了。所以在故事继续之前，卡尔必须停下来，用烟丝填满他手中那只真正的烟斗。

起初，他记不得他的烟草袋放在哪里，他热切地用目光在厨房桌子上面和椅子底下搜索，接着他掏尽了他的所有口袋。他在裤子的两边摸索，他让邦尼从他身上下来，如此，他能够一遍又一遍地搜索他的雨衣。找到烟草袋之后（在卡尔外套的内口袋里，他总是把它放在这里），卡尔非常认真地填满烟斗。必须力度适中地朝下压一下烟丝，这样它们既不会太松，也不会太紧。然后，在烟丝平稳燃烧之前，他一根接一根地划着火柴。当邦尼爬回卡尔膝盖上的时候，索菲的洗涤接近尾声，她用力拧干抹布，把它挂在水槽上方。

“下一次再……”卡尔说，他走到门口对着邦尼微笑。

邦尼悲哀地想：但是我想听故事的结尾，就是现在，不是下一次。这时，他关掉灯，用一只手贴着墙壁摸索向前，直到进入餐厅。

“我告诉你，贝丝……她没有任何其他地方可去。”

父亲和母亲还在书房，根据父亲说话的语调，邦尼能够确定他们是在讨论莫里森祖母。他站在餐厅的椅子中间等了一会儿，想确定这谈话是否值得他去偷听，他知道威尔弗雷德姑夫和克拉拉姑姑要去万达利亚，去和威尔弗雷德姑夫的家人一起过感恩节。

“为什么你母亲非得去别处？为什么他们不在的时候她不能留在家里？他们可以安排某个人晚上过去，这样她就不至于孤单。”

“他们打算关闭屋子。煤气和电源都将切断。”

“长达五天？”

“是的。”

邦尼想起克拉拉姑姑坐落在小镇另一边的家，想起莫里森祖母和他怎样走上狭窄的楼梯，楼梯就在客房的门后。他们走上阁楼，它是一个未知的领地，里面塞满他想不到会看见的东西：照片、瓶子、箱子、损坏的家具、杂志、书本、旧衣服——所有一切是如此之多，在如此多的东西中，让人获得的整体印象无非是一个混乱不堪的环境。双烟道锅炉旁边是莫里森堂哥小时候的玩具，这些东西是不允许他碰触的……在第二扇老虎窗旁边是另一些收藏品，属于罗伯特所有，当然，不是太多。这几件玩具因为没有遭到罗伯特的胡乱折腾而保存下来，同样，他不许邦尼碰触……在阁楼再远的角落，水箱旁边，是他自己的玩具，它们全都被小心地放在一只蛋篮里。他可以提着它下楼，去莫里森祖母那间充满樟脑味的房间玩耍。

当祖母用棕色的薄绵纸为被子做花饰时，他在旁边玩装在线轴上的可爱俄罗斯雪橇，玩以卢塞恩狮子纪念碑为造型的镇纸，还用桌子和椅子围成屋子，里面安顿三只狗熊居住。篮子里除了玩具还有《圣经》图片。有丹尼尔的图片，有以西结在山谷里的图片，有约书亚抽出宝剑命令太阳和月亮静止不动的图片。

邦尼忍不住为那些放置在克拉拉姑姑家里不属于他的玩具而伤心，这些玩具从来不让他玩。特别是那架上面画着天使的金色小钢琴，有一次，他走过去，伸出手来触摸一只琴键。克拉拉姑姑隔着楼板提醒他，小钢琴是莫里森堂兄的（他死于伤寒症），要他不要去碰它。

“我所告诉你的，正是克拉拉说的。”

邦尼举步靠近门口。如果再走过去一点，他们就会停止谈话，但他背后是黑洞洞的配膳室，通往厨房的门敞开着。

“如果在其他时候倒没有问题。但是我们两个都得去，你知道，说不准她会把脑袋探进哪里做些什么。我倒不是特别介意她动我的衣服抽屉——事实上，我还是在意的——但是她会不断往邦尼嘴里塞橡皮糖和苦薄荷糖，直到他的胃受不了。她还会告诉索菲她进不了天堂，因为她在路德宗教堂洗礼……而我们对艾琳又该怎样说？难道我该告诉她，我们改变主意，不想让她在我们离开的时候照看男孩？”

“不，我宁愿她在这里。”

“我也这样想，很希望她来。但是我们的屋子并不大，不能同时容纳艾琳和你的……”

邦尼的感觉明确无误，后楼梯有一阵动静——突然之间，他的心紧张得几乎就要停止跳动。他伸出两只手臂，把整个身子扑向亮着灯光的房间。

10

邦尼在等待，他的左手拿着铙钹，右手拿着包了衬垫的硕大鼓槌。旁边是罗伯特，在轻柔地拍打椅子边缘。灯光映着钢琴光亮的表面，照在乳白色的琴键上。父亲的双手在琴键上滑动，奏出一系列重复两遍的和弦。母亲面对客厅，看着他们，她在等候他们开始。

“好了吗，先生们？”

就在父亲开始奏出《星条旗永不落》起始小节的那一刻，邦尼的目光和母亲的目光相遇。音乐的洪流来得如此突然，如此浩荡奔流，漫无止境，邦尼几乎被这音乐淹没。他紧跟着规则的八分之六拍，好像那是一颗晶石。他左手用铙钹，右手用鼓槌，猛然地敲击，拼命地释放自己。

锵……

砰……

锵……

砰……

砰……

砰……

砰嗒嗒——砰——砰……

一旦开始，音乐按它自己的走势不可阻挡地延展开来，挟带着邦尼向前奔流，令他不能自已，罗伯特也是如此，他母亲也同样。仅有的对抗来自房间自身，绿色的墙壁将音乐反射回来，壁炉的火焰抓住它，把它向上送往烟道。火焰不能到达之处，环形的枝状大烛台悸动不安地发出光亮，一圈一圈地把它围合。

《星条旗永不落》后面是《华盛顿邮报进行曲》《埃尔卡皮坦》《美中美进行曲》。邦尼的眼睑开始变得沉重不支，它们伴随着音乐在往下坠。他不安地提醒自己，必须让眼睛保持睁开，不能让瞌睡支配他。突然之间，他走了神，他看见了卡尔的曾祖父，嘴里叼着烟斗，在不停地挖啊挖……

挖……

水汩汩地流进他的沟渠……

天空越来越暗……

疾风……

“停，怎么了？”

乐声停下来，邦尼吃惊地发现他是在家里，在客厅里，父亲皱起眉头看着他。

“他睡着了。”罗伯特说。

“你别指望和我们一起玩了，儿子，如果每隔五分钟你就想睡觉的话。看看，难道你不能做得更好一点。”

邦尼不自然地凝视前方，他的目光掠过罗伯特脸上得意洋洋的笑容。

父亲把身子转回钢琴，用左手敲出一个和弦，然后又敲另一个。“几分钟后我们就结束，然后你可以上床睡觉。”他们从中断的地方继续演奏《美国炮兵进行曲》，邦尼逼着自己把眼睑睁得很大，直到作痛。如果母亲盯着他看就好了！借助暗淡的灯光，他看见母亲正在阅读，她拿起了一本杂志。他的眼睑合上，只是一瞬，当他睁开眼，房间已永远地幽暗下来。他发现自己什么事也做不了。他只能听着钢琴的节奏，用铙钹盲目地敲出叮当声，用鼓槌击打鼓面。但是另一方面，他又舒适地被音乐包裹，如此深邃，如此忘情，让他想要沉溺其中。他久久地坚持着，然后移步进入暗下来的天空，雷电在天空爆出一个个同心圆，它们是红色的光环……绿色的光环……淡紫色的光环……

“你行行好！”

“我没睡着。”邦尼说，此刻他非常清醒，他觉得他说的是真话。

“嗨，瞎扯淡[①]！”

当这个词不是指可以抛掷和弹跳的球类时，它的含义是什么？邦尼并不明白，但他知道它不是褒义词，不管它是什么意思。他在自己内心拼命抑制另一个小男孩的声音，

① 原文为英语口语“balls”。

这个小男孩不是谁的小天使，这个小男孩讨厌别人吆喝他，这个小男孩说：“你自己才是瞎扯淡！”

刺耳的沉默在屋里穿越，邦尼意识到他过分了。他看向母亲，然后看向罗伯特，罗伯特避开与他的目光相触。

父亲厉声说：“上床去，儿子，马上去睡觉。”

邦尼走向沙发，当他弯下身子亲吻母亲并向她说晚安的时候，他的眼睛在母亲脸上搜索，想找到他认为她肯定会有的愤慨，而他得到的是可怕的一击：她正在试图掩饰她的微笑。

她并没有对父亲感到愤懑，她站在父亲那边。

此刻，他唯一能够做的事情就是上楼。

11

邦尼很早就听着教堂的钟声醒来，虽然这是星期一的早上。难道是又一个星期日来到？难道发生了非常重要的事情？

当他躺在床上思量的时候，制鞋厂的汽笛划破悠悠长空，接着是自来水厂的汽笛，然后火警警报器开始鸣响，将汽笛声和钟声也渐渐吸入它那烦人的悲鸣。直到声音恢复如常，而整个早晨也随着这些声音悸动起来。

当邦尼将埋在枕头下的脑袋伸出来的时候，罗伯特已经起床离开，他的床上凌乱不堪，空无人影。邦尼翻了最后一次身，同样也起了床。他盥洗，穿衣，下楼。他在书房门口停住，他有些迟疑不决，不知道他们会怎样对待他。火警警报鸣响之前，罗伯特和母亲在吃早餐，父亲坐在靠窗的位子上读《芝加哥论坛报》，咖啡被不起眼地搁在旁边的窗台上。他们坐在那里，看上去情绪很不赖，一如平时那样。这可能吗？邦尼想，难道残留在他脑海里的昨晚根本就没有发生？

“大家早晨好。”他礼貌地说。

他们三人立刻齐声说：“战争结束了。”

“哦。”

睡眠中，他梦到很多事情，后来回忆起来觉得无比真实。会是那样吗？他可能反击父亲并且被送到床上？他走向餐桌，在属于自己的位子上坐下，把餐巾系在颈上。昨天夜晚他上床之后音乐还继续了一会儿，然后突然停止，接着罗伯特上了楼。那很多事情都是真的，并非是梦中所见。透过他的睫毛，他看见罗伯特脱衣，卸下固定木头假腿的皮带，然后黑暗把他的睡床和四周隔绝开来，他自由无拘地辗转在悲伤之中。他想，如果她是这样一个人——如果她陷于困境之中，这世上不会有任何力量能够让他从她身边离开。可是她并不真正爱他……泪水奔涌而出，滚热滚热，不受阻挡，从他的脸颊上流下来，滴落到枕头上，直到他筋疲力尽，他静静躺着，凝视卧室门缝下面透出的光带。片刻之后，那条光带变阔了，他听到他们在楼下谈话，然后听到那张牌桌的腿发出咯吱咯吱的响声，他们把它推到某处……

和平来到

邦尼想破解早报的头号标题，它们倒悬在报纸弯曲的上端。

德国投降
签订停战协议条款

“原来吵闹全都是因为这？”

“当然，你以为是什么？”罗伯特的傲慢令人不堪忍受。

“我不知道，我想可能发生火灾。”

“火灾！你们听听，他竟然连签订停战协议都不知道！”

邦尼看着母亲，想得到她的启示。“停战协议”对他来说是个不熟悉的新词，他觉得有理由断定，罗伯特也不知道它的意思，罗伯特知道的不比自己多。

“那意思是国王签了字。”她说。

“它的意思是我们打败了德国佬。”罗伯特说。他从桌边起身离开，过了一会儿，他们听到前门砰地响了一声，罗伯特加入到外面的一片兴高采烈之中。

母亲把他拉到身边。“你没有忘记什么事情？”

梳头？刷牙？洗脸洗手？哦，他忘了亲吻她……夜里，在他躺下睡觉的时候，有人向他弯下身子，有人把阿拉明塔·卡尔佩珀塞到他的臂弯里，肯定是母亲……邦尼看见父亲正在等着他们把注意力转向他。

“你可以听听这个，儿子。到你长大可能还会记得。”

但是他没有去听那些和德国休战有关的军事用语，他走过去，把头靠在母亲膝盖上，因为他心中有一种异样的感觉。他听到她说：“詹姆斯，孩子烧得很高！”他处于似梦似幻的状态，他觉得肯定是这样。他想：我要生病了。

他感到安慰，因为她冰凉的手就搁在自己额头上，因为她和他这般亲近。从此，生活不再飘忽不定，它是如此完美，毫无缺陷。

第二卷

罗伯特

1

他们脚下的青草被践踏得东歪西倒，成为不平整的一片。他们因为不断喊叫而声嘶力竭。他们用双手撑着地面跪下，用脚趾平衡体重。他们从自己两条腿中间的空隙望去，看到骚乱的天空……

九……

十六……

三十七……

……和房子的屋顶。

越位

越位

六十四……

越位

一百十八，快上

现在注意

知道

注意

是

注意

他们跑着，膝盖抬得高高的。树在旋转，傍晚的灰色光亮碰触着他们的额头，碰触着他们尖削而肮脏的面颊和双手。喊着话，喊着名字，他们摔成一团——背和肩膀朝下冲击，撞到不知什么东西上，撞到坚实的地面。

轮到你中线开球

是的

轮到你了

三……

十七……

三十八……

麦卡蒂越位

四十七……

接住它

接住它

啊……

你招人讨厌，诺韦

罗伯特跑进去，在这个区域，他能够清楚地听到他们的声音：麦卡蒂的声音柔软无力，而诺韦的声音是兴奋和坚定的。天色围绕着他的肩膀。

啊

不要踢它

没有

撞那个家伙，别让他得逞

什么

虚晃一枪，就像那样

快点

快点，莫里森，快传球

快传球

罗伯特被甩到地上，但呼吸仍然气息充沛。

触地得分

听好，以后……

触地得分

不是，根本不是

是我们这边得分

喊大声点

触地得分

什么时候

我说暂停了

你什么时候

什么时候

罗伯特从地上爬起，拍打灯笼裤的膝部。天空不是慢慢变暗，而是猛然黑了下来。他把运动衫从头上套进去，他抛开争吵，拒绝接受结果。现在他们该回家了，他们是马修斯、斯库利、诺韦、贝里希尔（他用双膝夹着球）、恩格尔和麦卡蒂。

再见，麦卡蒂

明天见

再见

这是谁的帽子

再见

是谁丢掉了帽子

我说我们明天见

别忘了

明天见

夜色降临，黝黑而沉重，压在树木上面。罗伯特跨坐在自行车上，和坐在两只车把手中间的艾里什一起离开球场。车轮时而在人行道上滚动，时而飞转到街上。这是一条透着岁月沧桑的街道，充满了意想不到的虚无和空洞。自行车前轮忽左忽右地摆动，颠簸着他们。

“我们应该被判触地得分。”艾里什说。

“根据规则我们应该得分，但是你又能指望什么呢？”

虽然这是罗伯特的自行车，但是马修斯、麦卡蒂和贝里希尔会替他蹬车，因为罗伯特的腿不方便，他们这样做是理所当然的。艾里什从来没有蹬过自行车。到了回家的时候，他走过来，坐在车把手当中。

经过第三个长长的街区之后，车道到了尽头，这里路面平整。所有的路口都亮着街灯，罗伯特的车灯在激烈地摇摆，两边的屋舍退缩到车灯照不到的地方。打弯的时候，罗伯特看见他的头和肩膀的阴影在后面不急不慢地跟着，还看见树叶在四处飞扬……

过了塔尔梅奇小姐老旧的平房后，就是贝克家、麦金太尔家、劳埃德家，然后就到了艾里什家旁边的车道和前门步道，艾里什跳下车。

“明天见。”

“当然，谢谢你妈妈的午餐。”

“我一定转告。”艾里什说。

厨房的窗子透出灯光，但是，艾里什家的其他窗子都漆黑一片，仿佛里面没人居住。

“再见。”罗伯特说。

艾里什等着，让风把一些树叶吹过去。

“再见。”

罗伯特独自骑着车经过最后一个路灯——自行车的车轮影子在他前面拉得长长的。过了布鲁小姐、米切尔夫妇、凯尼格夫妇的屋子（它们隐在看不见的地方，没想到那里如此黑暗）就到家了：他看见门廊的灯光和前门，还有门廊边缘的白色柱子，老约翰等在阴影中，迎候罗伯特的归来。

“你好吗，嗯？小伙子你怎样啦？”

老约翰缓慢而困难地打转，摆动着它的头、后腿和尾巴末梢。

“小伙子你怎样啦，嗯？”

罗伯特把自行车斜靠在阶梯上，打开前门，走进前厅与门道相接的区域。艾琳立刻看见他，移步向他走来。

“现在你要小心，”罗伯特向她发出清楚无误的警示，“你会有麻烦！”

如果他假装向右走，而实际朝左，母亲多半会被他糊弄，可是对付艾琳却没有这样容易。

“注意，当心你自己！”

他径直向她冲去，但是在他伺机转身逃离之前，被她抓住。她压低脸，把罗伯特吻得几近窒息。

父亲站在书房门口，说：“不要让她进男孩房间，这事至关重要。‘强制她，’麦格雷戈医生说，‘假如你没有其他办法让她远离孩子。’”

罗伯特突然发现他自由了。

他脱下帽子和外面的运动衫，现在他可以走过去，站到父亲身边，父亲不会强迫他做那些令他感到难堪的亲密动作。艾琳知道他不喜欢别人吻他，她这样做仅仅是为了恶作剧……罗伯特有点困惑，运动场上的声音还响亮地留存在他的耳中。当他拉起灯笼裤的裤脚，艾琳以同样的动作拉了拉她的裙子。

“邦尼在哪里？”他问，对艾琳做了个鬼脸。

“他病了。”回答的是他父亲。

“什么病？”

“西班牙流行感冒。”母亲边说边从餐厅向他们走来，罗伯特别过脸去。因为怀着宝宝，她的腰非常粗大。他不想注意她，但有时候免不了会看到，总之，这让她有些尴尬。

“要是我能正确判断就好了。”她喊道——显然不是对别人，而是自言自语，“流感刚开始的时候，我就不该让邦尼去学校！”

对罗伯特而言，在户外待过之后，他觉得屋里好像很明亮而且富有生气。他能够感觉到壁炉散发的热气，它们渗入他的衣服。

“这不可能，难道每次镇上有人生病，你都不让孩子上学！”

“罗伯特，你的手……”母亲对他发声，她明显没在听父亲说话，“你可以去厨房水槽洗，现在就去……我想上楼待一会儿。”

艾琳站在她前面的门道里。

“我要走了，贝丝。”

“我同样要谢谢你，但是……”

“我觉得你最好还是让艾琳走。”父亲匆匆地说，好像他不能完全确定母亲会循规行事。罗伯特转身，他的目光穿过温热而明亮的空间，注视母亲，此刻她不再在意他是不是注意她的体型。

“为什么？”她问。

“医生吩咐，你不能去邦尼房间。”

“但是，詹姆斯，这多么可笑！”

“他就是这样说的。”

母亲既生气又不想放弃自己的初衷，两种情绪纠结在一起，令她踌躇不决。这时，索菲在门口现身，她身穿白色围裙。罗伯特觉得，她仿佛和壁炉架上的小铜钟一起敲打起来。

“晚餐，”两者都在宣布，“已经准备定当。”

2

罗伯特被屋外的一声撞击所吵醒，由于睡意还在纠缠他，他意识朦胧地用一只胳膊支起身体。天已经亮了，只见卡尔的头和肩膀显露在窗口。

“Wie geht's（你好吗）？”

自从美国参战后，卡尔就不再和他们家任何人讲德语，起初罗伯特没有回应。他知道这句话的意思，但是他搞不清此刻自己身在何处，直到看见缝纫机和母亲做女装用的钢丝模型，他才明白过来。

“很好，我想……只是我讨厌睡在这间房里。”

卡尔轻轻移动梯子，透过纱窗注视屋里。他们说罗伯特和邦尼同睡一间房不安全，所以把他移到这间缝纫室，以前他从没在这里睡过觉。大家上床很久以后，这里还能听到楼梯吱吱作响，而可怕的阴影使他不能入睡。

“我睡在这里，全是因为邦尼，他病了。索菲有没有告诉你？”

卡尔点点头，脸上带着沉思。“真不幸。”然后他露出笑容—— 一个和蔼的微笑，紧接着，这微笑消失在他脸膛的皮肤纹理中。

“我很快就会回去！”他说，一边移动梯子。

“回哪里去？”

“我的母国。”

“去德国？为什么？”

卡尔让自己的身体保持平衡，他卸下纱窗。

“如果你没见到你的父亲，”他说，“如果你没见到你的母亲，如果你没见到你的兄弟，有整整七年之久……”

对罗伯特来说，卡尔是德国人是一码事，这是不可更改的事实，但是现在他要回去，去和大量其他德国人相处，这似乎是另一码事，令他感到迷惑。他打起呵欠。

“你能把窗子关下来多少？”

卡尔用一个强有力的动作，把滑窗朝下移动了半英寸，然后把纱窗夹在胳膊下面，从窗前消失。于是，罗伯特没有什么可做，除了踢开被子，自己去把窗子关上。穿衣的时候，他情不自禁地想起埃塞尔阿姨从罗克福德来访的趣事，那时艾琳也在这里。是她的主意，她们把一件女装、一顶帽子、一条毛围巾穿在女装钢丝模型上，把它立在楼梯口，捉弄父亲。然后她们等着，不出声响地躲在卧室门后……在残肢上安好衬垫后，罗伯特从椅子上举起假腿，让残肢和它吻合起来，用几根皮带把它牵在肩上。然后以半站半坐的姿势，穿上他的灯笼裤。

罗伯特的“诅咒”——当别人认为他听不见的时候，就会这样议论。

早餐的桌子就放在书房的壁炉前面，一如平时那样。罗伯特对母亲和艾琳说早上好，艾琳身穿带黄花图案的绿色丝绸和服，她们正在谈论邦尼。

“一百零二度，”艾琳说，“他叫嚷，说眼睛痛。”

在他把餐巾打开之前，她转过身，看着他。

“伸出你的舌头，罗伯特。我一点也不吃惊——不出我所料：它红红的，非常红。你必须当心。看，贝丝……”

但是母亲没有心情开玩笑。“这儿是麦片粥，”她说，“还有糖和奶油，你自己拿吧。”

罗伯特的早餐吃到一半，屋外又响起一声撞击，这一次他丝毫都不惊奇。他啃了满满一口烤面包，他等着，果然看见卡尔的脑袋和肩膀在书房的窗口出现。然后他的思绪转到卡尔身上，他想到卡尔就要回德国去。他又想到埃塞尔阿姨，她既不像母亲，也不像艾琳，但是有的地方，她和她们两人又非常相像。只有她的头发是灰色的，她的性格甚至比母亲更沉静，她在罗克福德的学校教书。她到访的时候，会为他们带来奇妙的礼物——带给他很多弹子，还有一只桃色的棒球手套，带给邦尼积木、一本读物或各种颜料。

邦尼不是绘画就是搭积木，似乎这就是他想要做的全部。他不打棒球，不玩弹子，不做其他小孩都爱做的事情。课间休息时，同学们都做游戏，他却远远避开他们，枯燥无味地等着上课铃声敲响。如果有人过去招惹他，他的反应不是予以反击，而是哭喊。

邦尼太懦弱，父亲对他说，和他玩你必须特别小心。你在他这样的年龄，比他强得多……是的，罗伯特是处处小心。但是，当他带邦尼去外面的车库，他们用长剑和匕首“决斗”，那落在邦尼指关节上的第一击，就会令邦尼哭着跑回家。如果他们玩传球游戏，会发生相同的情况（远处，又听到梯子的撞击声，卡尔的脑袋在第三只窗口显现，当他消失的时候，罗伯特正伸手拿最后一片熏肉）。他宁愿有一个更强势的弟弟，但是因为邦尼是他唯一的弟弟，所以对邦尼，他想努力做到得体大度。例如，邦尼患上流感后，他想把书架顶上自己的宝贝士兵拿下来，让邦尼玩。

他正在这样打算的时候，母亲的手落在他的衣袖上，他回过神来。

“我想起来，罗伯特……”

他从桌边站起，用手背擦了擦嘴巴，立刻，他想到该用餐巾擦嘴。母亲在星期二早晨这个时候记起的事情，往往就是整理干净的衣物。它们是星期六洗好的，但是在把脏衣服送去洗涤之前，她总是没空将它们整理归类。要是罗伯特想中途停下和艾里什结伴，并且如与斯库利和贝里希尔承诺的那样，在八点三十分前到达学校，他就必须赶紧了。

洗衣篮在厨房里，放在炉灶对面，他知道它会在那里。当他拿着洗衣篮蹒跚地经过书房，他焦急地看着母亲，但是她在全神贯注地听艾琳说话。罗伯特继续往楼上走。他养成了一个习惯，从不去听她们的谈话。她们的话题通常不外是烹饪和服饰，他对这些毫无兴趣。他把洗衣篮扔在楼梯口，在一旁等着时他抽取沙发里的马鬃，以此作为消遣。艾里什在期盼他的来到，他们两人承诺八点三十分到达学校。如果他知道母亲会谈这么久……他的耐心终于丧失殆尽，他走到栏杆边，向下喊叫。

“对不起，你能不能快点？我必须走了。”

母亲从书房里回应他：“好，罗伯特。我就来。”但是又过了几分钟，她才在楼下的走廊里现身，艾琳和她在一起，她们还在絮絮地交谈。

“真麻烦，我一点也想不出今天午餐能翻出什么新花样。”

罗伯特靠在楼梯栏杆上，身子危险地朝外前倾，他向下俯视，能够看到她们的头顶。艾琳走在前面，母亲跟着，但她的步履更慢。

“为什么这样迫不及待？”她说，这时她走到楼梯平台。

“我答应了艾里什，我要去捎上他。”

“如果仅仅因为这，恐怕艾里什必须耐心等了。”

“哦，搞什么名堂！”

“别闹了，罗伯特。”

但不可能，事情远远没有了结，罗伯特还在不依不饶。“你的问题，妈妈，”他使劲咽下一口痰，“是不明白你有个多么优秀的儿子。我希望你让哈罗德·恩格尔来我家替换我一个星期。很快，你就会连跳带跑地赶往恩格尔家，你会说：‘恩格尔女士，我们必须让罗伯特回来，我想没有他我们不能生活。’”

“我想我会的，罗伯特。”

卡尔·莫利弗尔德过来，把一架折叠梯子放在壁橱旁边适当的地方。

“声音尽量不要这样响，你会吵醒邦尼。”

她朝洗衣篮俯下身子，从睡衣裤中挑出内衣，挑出衬衫、餐巾、桌布、毛巾。首先她把床单递给他，然后是枕套。然后她开始唱，声音压得很低，以致他几乎听不出她在唱些什么。

有一条长长的
小路
弯弯曲曲
穿过我
梦中的大地……

听着，罗伯特忘记了他的紧迫感。

那里
夜——
莺在
歌唱
还有
暗淡的……[1]

① 第一次世界大战时期的流行歌曲《一条长长的小路》，1914 年发表于伦敦。

歌声突然停住，罗伯特甩过头，把目光从床单和枕套上移开，去看发生了什么。

“屋里有只鸟。”艾琳喊道，她又转身返回邦尼房间，关上身后的房门。

母亲朝他转过身来，她的手臂上堆着冬天的内衣。“你必须做件事，罗伯特。”

这是他更喜欢做的事……罗伯特不顾一切地冲下楼梯，他决定先用扫帚试试，如果不行，他们准会让他使用他的 BB 枪。

当他返回楼上，艾琳和母亲两人都在邦尼房间里——艾琳靠着梳妆台，母亲坐在邦尼的床沿，抱着他。邦尼用发烧中的病眼看着那只麻雀，它拼命地拍打翅膀，在房里团团打转地飞动。房间的所有窗子都打开了，开到不能再大的位置。

“这都是因为卡尔卸掉了纱窗。”母亲说。在罗伯特看来，她的话既于事无补也没必要。他握着扫帚。

“你们最好出去，你们两个。因为马上我就要开始，让这东西大显神威。”

艾琳立刻后退，笑着用手遮着头发，好像鸟儿从她头顶擦过。可母亲是不会轻易慌乱的。“躺着别动，宝贝。”她说。鸟在房里从这头飞到那头，不肯停歇地在她面前猛扑、打转、俯冲。房门关上后，邦尼立刻又坐起来，闪闪发光的眼睛带着发烧的病态。

“罗伯特，求你不要伤着它！”

“为什么不要？”

罗伯特雄赳赳地舞动扫帚。

“因为我不想你这样。”

“只不过是只麻雀……”

“我不管，我就是不想你伤害它。”

罗伯特继续挥舞扫帚，还是没能撞上麻雀。然而，这鸟儿终于跌下来，像是一块石头，重重落在邦尼的床单上。当罗伯特用手捏住它的时候，他想起自己听到的那句话：“不要让她进男孩房间，这事至关重要……”

“我要告诉妈妈！”

眼泪从邦尼的脸颊上流下来。

“强制她，医生这样说……”趁他走神的当口，麻雀从他手指中挣脱出来，猛烈地拍打着翅膀，从洞开的窗口飞了出去。

“强制她……”

但是，刚才当他们全都处于兴奋状态时，她进去了，她已经在邦尼的床沿坐过。

“哦，闭嘴！”罗伯特说，他举起扫把，憋着口气似的在上方寂然无物的空间舞动。

3

星期四整整一个上午，罗伯特都在用耙子耙树叶——他把它们朝自己身边耙过来，直到这些脆黄的叶子聚在他的脚旁，堆得高高的。接着他再耙，耙出一堆又一堆。树木的叶子都已飘落殆尽，以赤裸裸的原始形态兀立着，人们几乎忘记它们夏季的繁茂，记得的只是如今的萧条。到了中午时分，屋子两边的院落已经清扫干净，他还从地下室拿了垃圾上来。没有什么事情落下，除了焚烧枯叶和垃圾，就在小巷里烧。这事，他可以在想做的时候去做，什么时候都可以。

午餐刚一结束，罗伯特就跑上楼，拿了他的橄榄球头盔和运动衫。当他母亲看到他的时候，他差不多走到了前门。

“你去哪儿？”

“打橄榄球。”他已经做完所有父亲安排他做的事情，下午是属于他的，就像放在口袋里的东西那样稳当。“我们有整队人马……”

“我想和你谈谈。”

母亲一直走进客厅，她调节一幅窗帘，它的高低和其他的不一致。

“来这里。”她说。

“有什么事情？”他满怀狐疑地询问。

“我想看看，什么东西弄得你口袋鼓鼓的。”

“是手帕。”

“一块，两块，三块，四块……哦，我终于明白了，你后面的口袋成了仓库，你得把它们放到后厅洗衣篮里，那里才是它们的归属。”

“非得现在？我不能过后去做？”

“随你的便，但是我想今天下午你是玩不成橄榄球了。”

“为什么？”

“有很多原因。我希望你待在自家院里，你在听吗？因为如果你在镇上乱窜，你会和很多男孩玩耍，你可能都不知道他们身上发生过什么。”

罗伯特不以为然地看着母亲，她面带微笑，但是她所说的可一点都不好笑，事实上没有一点意义。他们已经忧心地守了邦尼两个夜晚——起先是艾琳，然后是父亲。今天是第三天，他的热度应该会快速下降，麦格雷戈医生这样说，否则的话就会飙升。

“我不会满镇乱跑，我只是去道林家对面的空地打橄榄球。”

“求你别和我争了，罗伯特。”

不和她争！可他们已经选定球员，一切尘埃落定，此刻，他就像身临现场，他能够听到他们的叫喊声：斯库利、马修斯、诺韦、贝里希尔。

“天啊……”

“没必要继续讨论下去，罗伯特，照我说的做。”

母亲疲倦了，这是最大的麻烦，她疲倦而自己又没有意识到……罗伯特走进书房坐下，父亲在里面，周围放着一叠叠纸——是他从办公室带回家里做的工作。他在模模糊糊中意识到罗伯特的存在，但是没做过多的反应，对此罗伯特暗自庆幸，因为他觉得喉咙里有块东西堵着，似乎怎么也排除不了。他把橄榄球头盔放在指尖上来回转动，迫使自己不去想其他事情。

可是，他忍不住还是在想：有一些过失是他犯下的，因为他没有守护好母亲，母亲才会进入邦尼的房间，所以，也许他受到惩罚是应该的。两天过去了，她看上去没什么异样，但是不管怎样，可能情况在好起来。好在哪里？站起来向摇椅走去的时候，他问自己——学校都关门了，难道还会好吗？一直以来，这世界好在哪里？只要他必须待在自家院里，那还有什么事情值得称道？

他没有得到答案，因此他无可奈何地摇摆起来——起初是轻柔的，然后他的情绪渐渐变得坚定，变得亢奋。

她要下坡

马力足足

时速九十
汽笛呜呜
一声尖叫
（嘟嘟，嘟嘟！）
车变残骸
人更凄楚
手捏油门
至死不渝
全身烫伤
气力全无……

罗伯特愉悦地摇摆着，唱着，当他唱到第二节时，父亲拿下夹在耳朵后面的铅笔，说道：“如果你想待在家里，就必须保持安静，儿子。你这样让我分心。”

罗伯特用力把橄榄球头盔扣在脑袋上，向厨房走去，索菲在那里洗邦尼的床单。索菲近来脾气一直很坏，态度倨傲，对每个人都摆出一副颐指气使的样子。如果他过于频繁地向她索取面包和黄油，她会威胁说要向他母亲告发。

“你找什么？”

“昨晚的报纸。”

“就在那里，桌子底下。别把其他的搞得乱七八糟，你听到吗？”

人们总是说：“你听到吗？罗伯特？你听到我说吗？”好像他的耳朵有什么缺陷。但是他没有，他听到他想要听的每一件事，他还听到更多的。报纸就在面上，他小心翼翼地把它折叠起来，塞到腰带底下。

“你要昨天的晚报做什么？”

“不关你事。”他说，砰地关上门离开。

老约翰跟着他转到屋子后面，屋顶从这里向下倾斜，并延伸到地下室的楼梯上方。这时，他用双臂撑住两棵并排生长的梣叶枫，如此他就能够跃上屋顶。他刚提起一只膝盖，老约翰就呜呜地发出哀鸣。

“你最好别缠我，去别处玩你的。”罗伯特抱怨说，他拖着身子后面的另一条腿。

一旦他上了厨房屋顶，剩下的就容易了。在这上面，他不再妨碍别人，他用不着接受他们的宽恕，更不用目睹他们要么不耐烦地从耳朵后面拿下铅笔，要么烦躁地将窗帘拉上拉下。在这里，他可以鸟瞰所有一切——后院、车库、篱笆、篱笆后面的小巷，可以俯视伯纳姆家的垃圾堆，还有沿着小巷另一边种植的一排枫树苗。朝右边俯视，他能够看到花园、葡萄藤架和院子。放目左边，看到的是车道和一棵大树下面属于邦尼的沙丘。他仔细浏览眼底的整个场景,然后背靠烟囱坐下,把《快讯报》翻到第二页……那里的文字是："学校——学校董事会和健康局在校舍及城镇有关场所贴出通告，宣布学校关门停课，这种状况将会持续，直到有进一步的通知……"罗伯特感到脊柱上像是被针轻轻地扎了一下。他把第一个句子读了两遍，确定他没有读错，情况就是如此……母亲不可能无限期地让他待在家里，事情不会像那样可怕。她只是累了，过了这个下午就没事了。所以到时候会有时间打橄榄球，玩弹子，自制简易棒球棍，把诱捕麝鼠的夹子从车库屋顶拿下来清除气味，猎野兔和松鼠……但是在通知上有比这更重要的事情。这意味着镇上发生了严重的状况，就在他的周围。它没有停战协议签订日的狂放和激动，那时到处充塞着消防车的鸣响声、汽笛的尖叫声、人群的喧闹声，人们还坐着柩车转来转去。而这是一种在悄然无声中发生的事情，是他看不到和听不到的，发生在邦尼的睡房里，发生在阿瑟·库克住的第十街上，发生在镇上的很多地方。在罗伯特内心深处，出于某种他无法理解的原因，他觉得快乐。“……请注意阅读如下通知：致病人……在流行病还没有大面积蔓延，还没有波及洛根县之际，很多人可能会认为没有这种必要，然而，在和传染病检查人员及医学权威人士磋商之后，学校董事会决定关闭所有的学校，至少在本周内不会复课。希望疫情不会有新的发展，希望这个社区能够免受传染疾病的肆虐。伊利诺伊州公共安全委员会积极推荐上述举措，并警告人们，任何情况下，都要避免去人群拥挤的地方，若无绝对必要，也切勿乘坐火车旅行……”罗伯特闭上眼睛，他好像再一次听到了喊叫：“一号下去……四号……顶上……”马修斯和贝里希尔的喊叫。因为这个缘故，不管怎么，反正邦尼是病了，罗伯特希望（只是这个下午）那个被车子碾过，腿在膝盖上方被切断的人是邦尼，而不是他。

但是罗伯特听到的是疯狂杰克的喊叫，他驾着四轮马车和他那匹老马来到底下的小巷。很久以前，那时罗伯特还没降临人世，疯狂杰克遭到劫匪的抢劫，他们抢走了他的钱和手表，痛击他的脑袋。从那以后，他的脑子再也不能正常思维，他就驾车串街走巷，回收居民的马口铁罐头。他随时会出现在这里，罗伯特听母亲说，她有时半夜听到杰克的喊叫声，会躺在床上久久不能入睡。

“喂，杰克！”

人在屋顶上就是这样的。罗伯特能看到疯狂杰克，而罗伯特在上面像是隐形的，杰克看不见他。杰克从容地搜索，把莫里森家的垃圾桶往马车上倒空，然后鼓起嘴唇，把那张神色茫然的脸仰向天空，驾着马车驰离。

屋顶还有一部分可供罗伯特攀爬——一块以壁架形状延伸出来的较高平面。为了到达那里，他利用排水管、窗框、固定纱窗的铁钩。当他爬到顶上的时候，累得上气不接下气，在胜利的陶醉中他感到有点眩晕。这里距离地面的高度相当大，足以在他内心深处产生震撼。如果他想做，他只要伸出手，几乎就能够碰到楼叶枫的树枝。但是他也可能倒栽下去，摔得粉身碎骨。所有的人都会从屋里跑出来，母亲……她会哭喊着出现在他身边，要想改变这场悲剧，但是却又无能为力，一切都为时太晚……有时罗伯特从车库屋顶上跌下来，有时从肖托夸运动场的旗杆顶端摔下来，不管在什么情况下，人们都会跑来帮他。

两点钟的时候，麦格雷戈医生的汽车驰到莫里森家门前。在罗伯特摆脱他的白日梦状态之前，他想麦格雷戈医生肯定是来看他的。然后他记起来，邦尼病了，医生显然是为邦尼而来的，早晨以来，这是麦格雷戈医生第二次到访。

如果罗伯特无所顾忌的话，他会对着麦格雷戈医生大声喊叫。但是他暗自思忖:他是不该爬上这么高的屋顶的，屋里的人也可能听到他的喊声，这将惹出麻烦。不管什么时候，只要他们进入某种状况，那一定是因为邦尼的缘故。他们从不会为了他招来医生，自从他被马车碾过之后就再也没有。

如果父亲在报纸上读到一个专家发明了一种方法，能够使断骨再生，那该多么美好。当然，这没有可能，因为骨头一旦截掉，就没有任何办法使它再长出来。但只是假设……他们会带他去芝加哥找这个专家。经过精心治疗之后，专家会要父母亲带他回家，把他送进一间窗帘拉下的暗室，放到一张床上。只是，在回来之前，他希望最好能去一趟林肯公园观看动物。

回家一个星期之后，他的腿会被裹上一层特殊的石膏，是一种弹性石膏材料。当然，他们会为他雇用一个护士。其他人不能进入他的房间，除非他要求。也许过了好多天，他都不会呼唤他们。他只是躺在那里，每隔一个半小时，通过一根玻璃管服用深绿色的——不，是暗紫色的药物。

人们会称护士为沃尔特小姐。

一个星期将要结束的时候，专家会来测定石膏的外观，它可能膨胀了一英寸之多。母亲会惊叫，他们必须把她拉出房间。或者，也许更可能是艾琳，因为母亲不容易像这样情绪失控。专家会对他说必须平躺，这是最重要的。就这样他背朝下平躺着，不和任何人说话，除了沃尔特小姐（她拘泥刻板，但绝非小家子气，很像他刚出车祸时照顾他的那位护士）。沃尔特小姐对橄榄球感兴趣，所以他们谈论这个话题，通常……他如此安静地坐着，整个身心沉浸在虚构的想象中，麻雀飞回来，在厨房的烟囱上面叽叽喳喳地嚷嚷不歇……当他的残肢开始疼痛，他们打长途电话给专家，专家赶来，测量石膏，然后说很好：残肢疼痛是料想中的事情，因为膝盖正在形成，所以会感到痛。他说，在一个月的时间里，罗伯特会有一个新的膝盖。

新的药水是红色而浓稠的，就像鱼肝油，第一匙就让他感到恶心。有一段时间，他们必须借助橙汁让他服药。但是后来他学会捏住自己的鼻子把药咽下，这时沃尔特小姐会说："这就对了。"

随着肉在新的骨头外面形成，石膏开始变得宽大。骨头正在生长，虽然需要假以时日。他必须有耐心，不要去想它，因为过了一段时间之后，残肢又会开始疼痛。专家说，当长到脚上的时候，痛得最厉害。

所有的事情就以这种方式展开。

到了该为他拆除石膏的时候，他们把他带到医院，麦格雷戈医生在那里——不，不对。会有几个戴着口罩的医生。麦格雷戈医生会为他打麻醉剂，他记得的最后一件事情是麦格雷戈医生要他深呼吸，这样他们就能赶紧投入，尽快结束工作……这里和那里需要修正，罗伯特判断，特别是最后，当他在那里醒来，用手隔着床单触摸的时候。但是这想象整体来看尚可，至少在有时间重温之前是这样。

因为到了下午近黄昏的时候，他周围的天空失去原先的明亮，也不再有原来的色彩。当他用手碰触马口铁皮屋顶时，发现上面的热量已经散失。他像是一个和外界长期失去联系的探险者，他爬呀爬，爬到屋顶边缘。他朝下张望，看见艾琳在花园里，独自一人。

这是情况异样的迹象，他暗暗对自己说，如果现在艾琳来到屋外，肯定有事。要么是邦尼的热度下降了。要么，如麦格雷戈医生所言，它向上飙升。他一点一点地滑动，爬过很长的距离，他用手往下摸索着。当他的手触到梣叶枫的时候，艾琳转身朝厨房门走去，显然，她没有看到他，她要进屋去。他张开嘴想呼唤她，但是他听到其他人的喊叫声。有人在呼喊她的名字，这声音罗伯特已经有好多年没有听到。

“艾琳……”

花园后面的门猛地打开，博伊德·希勒走进来。他经过的时候身子几乎擦着梣叶枫，罗伯特能看到他脑门上的灰色头发，还有他忧郁的灰色眼睛。

“艾琳，我在外面等了几个小时，我不能离开——如果没见到你！”

罗伯特目睹这一幕，立刻全都明白了，他甚至心中有一种不舒服的感觉，这是妒忌。泪水在他眼睛里涌动。艾琳退出来，走进花园去和博伊德·希勒会合。博伊德·希勒会要求她回到他身边。如果她答应，罗伯特再也不愿意见到她了。永远不见！当他穿过树丛绕过屋角蹑手蹑脚溜走时，他对自己说——有生之年，不再见她。

4

晚餐后只有罗伯特一人待在书房，父亲和母亲很快就上楼去了，他不想夹在他们中间，他害怕见到艾琳。由于没有家庭作业可做，他把手伸到书架顶上，抽出《苏格兰酋长》，这本书是老版本，属于布兰尼外祖父所有。纸页的边缘已经变黄，字体印刷得很小，但是小说一开始就很吸引人，罗伯特很喜欢这样的开头，读到第二页就禁不住完全沉浸其中，电灯线仿佛是他和现实保持联系的唯一方式，他紧紧握住它，阅读时，一个一个句子默默地印入他的脑中。

到了八点钟，母亲下楼来，在门口站了一会儿，看着他。他不知道她在这里，也不知道麦格雷戈医生今天已是第三次到访。罗伯特正置身于故事之中：他越过拉纳克桥，仰望正在升起的月亮。作为苏格兰的杰出人物，铁盒子被交付给他，假冒的贝利奥尔曾经把它给了洛德·道格拉斯，而道格拉斯又给了蒙蒂思。在到达埃勒斯利峡谷之前，有五英里长的路要走。

十点钟的时候，艾琳走进来，从他手中把书拿走。他神情茫然，想起他在躲避艾琳。他发现自己已在另一个虚拟的世界里沉溺了太久。

"该上床睡觉了。"

"谁说的？"

"你那个古板而可敬的父亲。"

罗伯特从椅子上懒懒地拖起身子，如果是母亲的旨意，他会继续读完这个章节，也许还能进入下一章，看看后面发生了什么。但若是父亲的命令，事情就不一样了。

罗伯特觉得人群和马匹在他身边川流不息，他踏着楼梯上楼，进入他下榻的缝纫室，他脱衣，上床。他第一次感觉到这屋子是多么沉静，多么充满期待。小时候，他总是害怕黑暗，常常觉得有不可名状的怪物跟着他，会突然从门后向他扑出。在紧张和期待中，使他感到恐惧的有时其实仅仅是屋子本身。如今，他不再害怕。

他能够听到那些声音——艾琳和麦格雷戈医生的说话声，还有艾琳的鞋跟撞击楼梯的声音。他等待她再度上楼，在等待中他昏沉沉地进入睡眠。

他醒来的时候，外面依然一片漆黑，他无法知道现在是什么时候，是晚？是早？在半睡半醒的状态中，他从床上爬起，去上厕所。当他用单足跳到走廊里，看到的景象像是一幅画面，这画面后来久久留存在他脑中。屋里每一个地方，包括所有的房间，都灯光通明，艾琳和母亲背对着他站在楼梯口。因为她们两人都站着一动不动，所以罗伯特不能移步，直到邦尼非常平静地在床上坐起，说："什么时候了？"

麦格雷戈医生立刻从客房出来，经过走廊进入邦尼的房间。当他出来的时候，他紧绷的脸松弛下来，露出了笑容。

"伊丽莎白，"他说，"你的小天使没事了。"

5

对罗伯特来说，接下来几天就像是一场派对。每天下午都有来自暖房和访客的插瓶鲜花，索菲必须把她的大多数时间花在接客上，只见她拿着茶具前前后后地奔走。

母亲的所有朋友都来看她——阿梅莉亚“阿姨”、莫德“阿姨”、贝尔“阿姨”——她们经常待到时钟敲响六点。在罗伯特的记忆中，书房里从来没有聚集过这么多妇女，她们喝茶，谈论项链。母亲也从来没有比这更快乐和更轻松自如的时候。

“有了一个宝宝，”她私下里对他说，“不比春天大扫除更麻烦。甚至还好些，用不着把窗帘拆下。”

他受到严格的限制，不能迈出院子一步，艾里什也不能来这里和他玩耍。但是，母亲是善解人意的，她用各种各样的方法把他留在屋里（比如，允许他较晚睡觉，给他做他爱吃的餐后甜点，耐心听他说他最想谈论的高中橄榄球队），所以，实际上没有多久，他就不再在意被幽闭在家里。

显然，她希望对每个人都有所补偿。她预付给报童六周的报酬。日子平平静静，没有什么事情发生，除了老姑娘阿特金斯每星期六必会带着波士顿黑面包和防烫套垫（壁橱里有一大堆）过来，留下吃午餐。还得为了她拿出家里最好的青花瓷器。

索菲显得非常孤独，她红着眼睛，心情糟到极点。罗伯特和母亲一致认为这是为了卡尔，因为卡尔要回德国。

“我想不通，”罗伯特说，“为什么她不和卡尔一起回德国。”

“也许她会，”母亲说，“如果卡尔要求她。”

“为什么卡尔会要求她？”

“事情看上去就是这样。”

“她能不能不让他走？”

“她可以，但是她不想。”

“那么，难道她不能自己回去？”

“这正是我担心的。不管你做什么，千万不要让她生出这个念头。要找一个像索菲这样能做正宗馅饼皮的，花上几年时间也未必能够找到。”

“不，”罗伯特说，声音含含糊糊，“我不会。”

“至于我们打算离开一些日子，现在都安排定当——所有的事情，除了火车票。我相信，稍加催促，你爸爸就会全力以赴，把车票拿到。你知道，他是多么爱在事先把一切安排得妥帖稳当……我唯一必须做的，就是确保宝宝是个女孩。对此，我并不特别在意，无论是剪刀、蜗牛、小狗的尾巴，我都喜欢，但你爸爸一心想要一个女孩。假如结果又是一个男孩，我们也许不得不送他回去。不说这些了……艾琳打算晚上来陪你和邦尼，这样你们就不会孤单……如果发生什么事情，就打电话给麦格雷戈医生，只是不要轻易去打扰他，除非事情非常重要——除非，例如，屋子着火，或者你在楼上抓到索菲试图戴我的帽子。懂了吗……你已经够大了，罗伯特，担起责任来，你爸爸总是这样说。如果你能够勤换内衣，随手把洗手间的灯关掉，我想这会是一件很棒的事情……还有，我们走后，我希望你照顾好邦尼，看着他早早上床睡觉，即使你要离开也等他睡着。他经历了这样一场磨难，你是知道的……他得吃他应该吃的东西，不只是肉和土豆……你每星期要写一篇作文，早晨和晚上要刷牙，不要再给艾琳惹麻烦……对了，我想到一件事，你觉得‘珍妮特’这个名字怎样——珍妮特·莫里森——对一个小女孩来说？”

和母亲在一起，罗伯特几乎从来没有拘束和不安的时候。对她而言，和罗伯特谈论自己内心的想法，是再随意和自然不过的事情，她不会把话说到一半打住，几乎从来没有。同样，他会轻松自在地告诉她所有的事情，因为他们之间非常默契，比如到时候，他总是知道她会去整理清洗好的床单和枕套。

但是和父亲相处情况就大不一样。他喜欢父亲，他和父亲有许多相同的爱好：旧衣服、谈论棒球、钓鱼、枪、汽车、修理东西。当他们去农村郊游的时候，他们关注相同的事物。母亲喜欢看树和日出，但是他们喜欢看马拉犁耕田，看果园和造型漂亮的谷仓。他们甚至爱吃相同的食物，不管是什么，都会在上面撒些盐。但是，如果他走到父亲身后开始告诉父亲什么事情，到头来总是讨个没趣，除了令他倍感懊恼，从来不会得到希望的结果。

父亲的评断往往使他深为尴尬："我很高兴你告诉我这些，儿子。但是现在你要做的，最好就是尽快忘记它。如果你想赶快成长，成为一个得体和有自尊心的人，你没有时间做这种毫无意义的谈话……"或者，仰望着晴朗的天空，父亲会说："现在给我记住，不管你遇到什么样的麻烦都一样，你的父亲永远站在你一边……"罗伯特心里很明白，可不知怎的，他觉得这种事没必要说出来。

要不然就是有他不想知道的事。比如，当他们单独在客厅的时候，父亲说："我想你一定觉得奇怪，罗伯特，为什么你妈妈非得到迪凯特去生孩子——为什么她不能在家里生。告诉你，有一个理由，自然，是一个非常重要的理由。"

如果父亲不和他谈论这些，罗伯特认为是理所当然的……他不会对他们要去迪凯特感到奇怪，因为通常父亲和母亲不会向他解释他们决定某件事情的理由，所以，他早就见怪不怪，对什么都不惊奇了。

“你出生的时候，你妈妈有一段非常困难的时期。有好几天，看上去她像是无法渡过难关了。然后是邦尼降生，情况差不多相同。但是迪凯特有一个医生，是位出色的专家，他创立了一种处理分娩的崭新疗法。这我可以解释给你听，但总之，麦格雷戈医生认为我们应该带她去那里，哪怕需要昂贵的费用。”

“我知道了。”

当罗伯特站起来要离开的时候，父亲把手中的晚报放到一边，也站了起来。

“因为这是一件非常重要的事情。”父亲说，非常笨拙地把他的一条手臂搭在罗伯特肩膀上。

他们一起踱步，缓慢地，没有目的，从客厅的一端走到另一端。一会儿以后，罗伯特开始觉得一条腿沉沉的，当然，只要他把自己的状态说出来，父亲就会停住。但那样做意味着屈服——承认自己的身体有问题。

在母亲看来，他没有任何问题。如果他们外出钓鱼，必须爬过一个带刺的铁丝篱笆，父亲会时常回头张望，或者目光越过肩膀向他呼喊：“你能行吗，对这样的运动……”但是母亲会鼓励他，在这一方面，她像艾里什。

对于游戏同样如此，母亲同意他学习游泳和潜水，所以他学会了。而且，所有其他男孩能做的事情都难不倒他。母亲唯有一次对他加以称赞，那是他在童子军军营赢得网球单打冠军的时候。童子军团长大为吃惊，感叹地说这是多么了不起的事——那意思无非说罗伯特是仅有一条腿的残疾人。最终，这新闻上了报纸，母亲给他写道：“太好了。今天早晨给你寄了干净内衣。你吃饱了吗？”

罗伯特还保存着这张明信片，他把它放在盒子里，和他的二等童子军勋章及箭矢的尖头放在一起。

“如今，情况不比以前，”父亲说，“你必须多多管好自己的事。因为家里多了一个宝宝，你别指望会有人跟在后面为你收拾东西，或者整理你的衣服。”

当他们神情严肃地进入走廊，当他们进入书房，只要他们都保持沉默不语，罗伯特就可以展开想象，猜测父亲心里在想些什么，这点他们彼此心照不宣。但是，完全出乎他的意料，父亲向他转过身，说道：“迟早，每个人都会遇到这样的事情，我们得有所打算。”当他们在胡桃木沙发上重重落坐，罗伯特的目光在四周扫动。当然，在最后一刻他们把脸转向两边，不过视线差一点相遇。

“你妈妈是个好女人。”父亲说。

6

邦尼病后虚弱乏力，很容易疲倦。故而第一次允许他下楼被当作家里的一件大事，罗伯特拿出他的士兵，把装它们的盒子整个放在邦尼膝盖上。

盒子太大，邦尼只能抱着，罗伯特站在旁边，以便在他想从里面拿出士兵的时候给予帮助。邦尼注视它们片刻之后（注视那些身穿银色胸甲、头戴银色羽毛饰物的骑兵和牛仔，还有坐着白马、戴着熊皮帽、背上挂着来复枪的哥萨克），示意罗伯特可以把盖子合上。他的手在轻轻颤抖，疲惫的眼睛中流露出满意的神情。

“它们真棒。”他说，“谢谢，罗伯特，太感谢你。”然后又说，“也许什么时候我们可以一起玩？”

罗伯特没有回答。

“你拿一半，我拿一半，然后我们对垒开战——这样如何？”

罗伯特把士兵放回到它们原来栖身的书架顶上。因为邦尼病了，所以他想对邦尼好一些。但是另一方面，这不意味他本人想要进入邦尼的生活。

他说：“也许等我们有机会吧。”他走进客厅去温习他的音乐课程。因为这只不过是一场流行病，母亲说，为什么他应该停止钢琴练习？这毫无理由！

短暂之间——也许十五分钟吧——他还能保持心无旁骛，认真练习。然后，他的琴声出现一连串的中断，他反复起身去探望前厅的时钟。每次他返回的时候，都把自己的注意力聚焦在钢琴凳上，这琴凳总是不适合他，不是觉得太高就是觉得太低。他还得练习半小时，他从《牧童的祈祷》转换到：

去告诉……

这不对——

去告诉

罗迪阿姨

她家的老灰鹅死了——

“降调，罗伯特……降B调！”母亲的呼叫声突然从配膳室冒出来，她又在吃……这真烦人。如果他们把他独自留在家里，他会过得很好，也许他会把钢琴学得非常出色，也许他能开钢琴独奏音乐会，人们必须花钱买票听他演奏。绝不会像这样，总是遭受他们的责备——每一次，当他敲出一个错误的音符，母亲就责备他，所以他必须再从头开始，一个小时又一个小时，一个星期又一个星期，年复一年（他对自己说），始终如此。

当他再次起身张望时钟的指针，他发现艾琳正站在壁镜前面，把长长的帽针戳入她的帽中。乘她转身之际他想赶快溜走，然而，她在镜子里看到他，她喊住他。当然，这时用不着担心她会吻他。

"怎样啦，"她说，"你在想我的访客？"

罗伯特什么也不想回答，他在楼梯底下的台阶上坐下。当艾琳确定帽子已经戴正，就走过来，坐在他旁边。

"我觉得我什么也没想。"他说。

"你说得可真煞有介事。"

艾琳拉起他的手，用自己的手合在他破了皮的指关节上。罗伯特立刻想到他裤子的膝盖部分——有一个差不多破穿了的洞眼。而令他苦恼的是，他不能告诉艾琳，他怎样看待她的访客——真的不能。而且，说了也无济于事，不会有任何改变。如果她准备再和博伊德·希勒一起生活，不管自己说什么都不会让她动摇。

很久以前，那还是他受伤之前，也差不多是他有记忆之前，他们在圣公会教堂举行婚礼，有很多人参加。是在黄昏之后，他们——艾琳和布兰尼外祖父——乘出租车抵达那里。艾琳担心，如果他把戒指放在一个小垫子上，他会把它弄丢。所以她就把戒指放在他手中，扳拢他的手指让他紧紧捏着，这样他会记得。他们穿过人群，沿着教堂的过道往前走去。

但是后来还是有更多的事情发生。这是一个家族的故事，罗伯特听了一遍又一遍，直到它深深印在脑中，难以忘怀：到了给新郎戴戒指的时候，布兰尼不松手，博伊德想要戴上他手中的戒指，但是他说："不，这是伊尼尔的戒指！"他的声音响彻整座教堂，所有的人都能听到。

"实话告诉你，罗伯特……"

罗伯特没有回过神来。据他们说，当时艾琳不得不转过身，从布兰尼手中拿过戒指。但是这幕场景他记不得了。

"……实话对你说吧，我不知道博伊德来，自然，我知道他在镇上。我带着小阿格尼丝去她希勒祖母家的时候，我看见他，还和他说了一会儿话。就是这些。"

罗伯特很不习惯大人对他的信任和推心置腹，先是他父亲，现在是艾琳……窘迫之下，他的嘴巴变得僵硬起来。

"你知道，我整个下午都在家里，和邦尼在一起。你父亲进来替换我，所以我把围巾披在肩上，到外面透透气……当我发现那个人的时候，罗伯特，我和你的反应相同——我跑开了。"

这个星期令人焦虑不安，这个隐含痛苦的星期在瞬息之间就过去了，所以罗伯特感到特别轻快，同时情绪也甚为波动。博伊德·希勒无需为罗伯特的事故承担责任——因为不是他的错，他不知道罗伯特爬在他的马车后背，甚至在罗伯特的脚被车轮碾过之前，他都不知道他在那里。这时说什么都晚了……罗伯特每一次看见博伊德的时候都会想起这一幕，他忍不住就会想起所有这些。但是现在让他烦恼的是别的事情，是有关艾琳的。

“罗伯特，你越大，越没有勇气。”

罗伯特站起来，把手插入口袋。不管怎样，有一件事情让他高兴，那就是再也用不着躲避艾琳。

“你不想看看那些麝鼠夹吗？”

“现在不了，出租车随时会到。”

罗伯特瞥了一眼时钟，练琴时间被他们的谈话足足占用了六分钟。

“下次，是吗？”

艾琳扣上右手的手套，把左手伸进另一只手套——大拇指还没插入。“下次。”她说，然后稳稳地在他嘴上按下一个吻。

7

罗伯特醒来，发现自己置身一个明亮而寒冷的房间。窗台上和屋外的地面满是积雪。倚窗眺望，他看见人行道被白雪盖没，所有的屋顶被掩埋在一英寸厚的雪层下面。在早晨水平光线的照射下——它既不是来自天空，也不是来自白色的大地，而是来自天空和地面之间——一棵棵枫树迎风兀立，它们的冰肌玉肤含有一种透明的立体感。

当罗伯特对这种突发的气候变化开始习惯的时候，母亲走进来。

"没想到会这样糟糕。"关上窗子的时候她大声说。

"什么糟糕？"

“索菲……”

虽然母亲处理的家庭事务对罗伯特是司空见惯，但他还是在床上坐起，看着母亲把暖气开启。

“她去拔掉了所有的牙齿，嘴里的每一颗牙，你想不到吧！今天早晨她来上班，她感到非常痛苦，看起来如此糟糕，所以我让她回家……”

暖气片开始隆隆作响，罗伯特只能偶尔听清母亲的片言只语。她离开以后，罗伯特去盥洗室洗漱，慢慢地穿衣服。这时，他的脑子久久处于静止和恍惚的状态，他拨弄着衬衫上的纽扣。但是，在某个瞬间，他想到牙齿，想到他七岁的时候怎样咽下一颗牙齿；想到莫里森祖母夜晚把假牙浸在杯中的水里；想到索菲，她牙齿全没了，看上去会是什么模样。

终于，煎熏肉的香味产生了强烈的诱惑力，他从后走道下楼，发现母亲在厨房里。

“是这个，”他说，“是这个使索菲这样不快乐吗？”

“我不知道。”

母亲关掉咖啡壶下面的煤气。

“我没有问她，她的状况不佳。如果她在就好了，她可以告诉我柚子削皮刀放在哪儿，我已经上上下下都找过……”

早晨过后，罗伯特悠哉游哉地踱步上楼，他停步注视后房间，到了某一天，它就归他所有了。

自从那天他和母亲来过之后，这里还没有变化，当时他们一起计划怎样修整它。母亲提议地面铺上地毡，用以替代小地毯，墙上则悬挂鸟的图片。还有，如果能从哪里捡到一只旧的水手箱就太妙了—— 一只顶上开口的箱子。他还想到一个好主意：如果把床靠墙安放，它就像是水手的铺位，高高的，窄窄的，下面是可以储放物品的长抽屉；还有一块布告牌，可以用大头钉把告示和他喜欢的明信片钉在上面。门上要安一把挂锁，这是他们两人的共识。

现在，由于婴儿将要来到人世，所有一切都忙乱不堪，他不可能指望他们对他的房间花更多精力。不管怎样，短期内不可能。他转身准备离开，他注意到排列在那里成直角的墙壁和建筑物：尺、石块、牛皮纸、铅笔、木头线轴。肯定是邦尼搭建的——总之，肯定是这样，只有邦尼来过这里。但是在罗伯特眼里，如果用那块硬纸板撑在两个最大的建筑物边上并向上弯曲，他能搭建一个一流的飞机库。

他立刻动手实施自己的想法，这使他获得一种难以言喻的满足感。他情不自禁地继续做了一两个更重大的改建。正当他聚精会神摆弄的时候，邦尼的声音从背后传来，让他大吃一惊。“那是什么？”邦尼问。

“飞机场。”

邦尼用怀疑的眼光注视他。

“你看它像什么？”

罗伯特得意洋洋地把身体朝后倾斜，这样邦尼能够一睹他的手工杰作。所有的布局都井然有序——飞机库和三个小屋子，还有向它们延伸的跑道。他觉得邦尼看起来也很高兴，至少是刚刚露出了一丝喜色。

“这些是探照灯。”他说，担心邦尼会忽视它们。

邦尼却在注意其他东西—— 一个圆柱形的盒子，它原先是用来放置打字机色带的。

“我的村庄……你毁了我的比利时村庄！”

罗伯特无奈地叹了口气，他想要做的就是和邦尼玩，逗邦尼开心，可是无论他怎样做，结果总是同样的糟糕。

“能修好的，邦尼。你只需重新搭建它就可以了。”

“不可能，根本不能，我做不了。我本可以一直玩下去，可是被你弄坏了！”罗伯特突然发现，邦尼生气的时候模样非常奇怪：没有血色的脸像是一张白纸，简直就是个小老头。“你把所有的都搞砸了。”

“我知道，邦尼，但我不是有意的……我为你建了个新飞机场，不是吗？这可比那个旧比利时村庄好得多。”

“要玩就玩你自己的东西，”邦尼喊道，“别来这里，这里和你没有关系。”积木、引火柴、铅笔、木线轴发出哗啦哗啦的响声，撒了一地，甚至飞到走廊里，父亲就站在那里，看着他们。

“出了什么事？”

“我的村庄，被罗伯特毁掉了……”

“我没有，我什么也没做。我没有把东西弄坏，我只不过……”

“安静，你们两个安静！听我说，艾琳本来准备留下来陪你们，可是她出镇去了。”

“她去哪里了？”

“芝加哥。”

“为什么？”

“我不知道，你们问她去。索菲的状态不适合来工作，所以我和你们的姑姑克拉拉谈过了，我们离开的时候，你和邦尼住到她家。”

突然之间，所有的事情都发生了变化。所有的事情都不一样了。

罗伯特待在楼上，内心十分不安，即使在收捡衣服的时候也不能集中注意力。他心怀悲哀，从一个房间踱到另一个房间，邦尼跟在他后面。邦尼在寻找他的黄玛瑙弹子，不知怎的它不见了，或者被遗落在了哪里，这件事似乎比计划的改变更令他心神不定。

罗伯特在书房的书架前面站了一会儿，他犹豫不决，是不是要带上他的士兵。他不愿意离开家，不愿意住到克拉拉姑姑家去，他不喜欢那里。但是他们离开以后，万一家里屋子失火怎么办……最后一刻他做出决定，带上他的士兵和《苏格兰酋长》，后者他已经读过一遍，但第二遍还没有读完。

“快一点，儿子，”父亲在门口催促，“麦格雷戈医生的车子已经到了，等在外面。快跟妈妈说再见，然后我们将……”

罗伯特来到走廊，母亲正站在壁镜前戴帽子和穿外套。他朝她走去，但是邦尼率先跑到她身边，拉扯着她，情绪失控地贴在她脖子上啜泣。

“怎么啦，”她隔着面纱喊道，“还哭鼻子……你年龄不小了。究竟怎么啦？”这时邦尼哭得更厉害了，“好了，好了，宝贝，不要这样好吗？”

罗伯特犹豫着，他看见父亲挪开袖口看腕上的手表。

“哦，再见，”他说，虽然她也许没有听见，“再见，妈妈，照顾好你自己。”他出了门朝汽车走去。

8

克拉拉姑姑在防风门后面等候他们。

“哦，我的小鬼头，你们可好？您好吗，医生？”

当她拥抱罗伯特的时候，他屏住自己的呼吸。克拉拉是个大个子妇女——几乎和他父亲一样高大。在平常的日子，她不穿紧身胸衣。

“您不把外套脱了？我是说您为什么不把外套脱了？”

麦格雷戈医生把他们的手提箱放在前厅。

“今天不了，谢谢。”

“詹姆斯打电话给我的时候，我要他这就把孩子带来。佩斯利先生和我本打算去万达利亚过感恩节，但是流行疾病蔓延，这么多人受到感染，由于这种种原因，我们决定还是留在家里。”

罗伯特神情茫然，就像克拉拉姑姑家前厅里的手提箱似的被搁在了那儿。他明白他是在什么地方，多半是凭着这气味，这气味不同于他曾经待过的其他屋子，除了说它就像长期封存在盒子里的衣服气味，很难再用其他语言描述。

墙壁和木制品的色调是幽暗的，屋里所有的帘子都往下放到一半，唯独客厅除外，客厅每扇窗的帘子都落到底，以免地毯照光褪色。

罗伯特戴着帽子站着，他的外套还穿在身上，没有想到要把它脱下。他很可能做出这样的举动：在没人注意他之前，神不知鬼不觉地从后门溜出，再绕着屋子跑回车里。这样他可以和麦格雷戈医生待在一起，直到父母亲回家，然后一切趋于正常。他朝餐厅走去，但正在这时，麦格雷戈医生伸出手来和他们道别。

“如果你想要什么，”麦格雷戈医生说，“如果发生什么事，罗伯特……”

克拉拉姑姑代他回答:“如果有必要，医生，我们会打电话给你。我说我们会打电话给你。”

她的声音和语调表达了一个清楚的信息，那就是不会有这种必要。站在门口，冷风从他两腿之间吹进来，麦格雷戈医生转过身，对罗伯特露出满意的微笑。“再见。”他边说边关上身后的门。

“哦，”克拉拉姑姑说，“我不想这么快就到处找你。九点半上床，是你父亲说的。去把你的套鞋放到通风机上，罗伯特，它们粘了雪，会弄脏地毯。”

在麦格雷戈医生驱车离开之前，罗伯特试图探望，可他不敢向窗子走去，克拉拉姑姑吩咐他把鞋脱了。然而，他还是表现出自己的勇敢。他站着不动，因为他脚上穿的是胶鞋，不是套鞋。再说，克拉拉姑姑又不是他母亲，他不必在意她，除非他愿意，他用不着按她说的去做。

“和我一起上楼，邦尼。我会拿掉祖母房间里的床单，还有长枕，这样你能有地方睡觉。你暂时还得小心一些，你可是个生病的男孩。”

邦尼脸上虽然还挂着泪痕，可他有点洋洋自得起来，这瞒不过罗伯特的眼睛。他看到邦尼对克拉拉姑姑绵羊般地顺从——抢在她的前面，走上楼去，好像她是一个他喜欢和可以依赖的人，就像他对艾琳和索菲那样，或者像对任何碰巧遇到的人那样，他们能让他得到他想要的。当邦尼和克拉拉姑姑走上楼梯平台，罗伯特走到通风装置旁边，连人带鞋站了上去。他用一种技术性的方法来保持自己的独立性，他站在那里，让如同波浪般涌出的热空气围绕着他的双腿。

很快他的胶鞋就干了，他脱下它们，还脱下外套和帽子，走进正在幽暗下来的客厅。他想寻找一个地方安置他的士兵，虽然这里是安全的，或者说还算安全，因为它从不使用，除了交际待客。那时克拉拉姑姑会把帘子拉起一半，人们坐在桃花心木摇椅上聊天，钢琴上放着一只会轰鸣作响的贝壳，和一只残缺不全的大海星，它毁在罗伯特手中。他还记得那时他是怎样的感觉，他捧着它，试图把破裂的地方弄好，最后，在担忧中他把海星放回钢琴顶上，希望没有人会注意到它的异样。第二天，克拉拉姑姑来掸灰的时候发现了，她说，请他远离不该碰触的东西。

罗伯特当时只是出于好奇，想看一下它的底部是什么样子。如果知道事情会这样，他会让海星一直在钢琴顶上静静待着，才不会去动它。

客厅的两个门口各置有一尊石膏头像—— 一尊是戴着红色无檐帽的黑女人，另一尊是戴蓝帽子的黑女人（颜色比较暗，尺寸也较大）。罗伯特从来没有思考过他是否喜欢它们，所以此刻他像做试验似的坐在客厅的各个不同位置观察它们。他抱着他的士兵，坐在皮革长沙发上，坐在大椅子上。不管他走到哪里，两个黑女人总是用它们的白色眼睛追随他。他曾经问母亲，克拉拉姑姑是从哪里把它们弄来的，她说是在人类肤色最黑的非洲。但这仅仅是母亲的一种说辞。克拉拉姑姑和威尔弗雷德姑夫一起去过纽约，然后取道尼亚加拉瀑布回家。她还去过奥马哈，去参加一个葬礼。但是她从来没有跨洋越海，罗伯特非常确信这点，一如他确信这两个头像并非真的人头，而是用石膏制成的，而那壁炉也不是真的，虽然它有一块漂亮的金属屏板，看上去像是用螺钉拧在一块格栅上。

有一次，当克拉拉姑姑离家参加一个“女士互助”集会，他把所有的螺钉拆下，发现金属屏板后面除了墙壁，其他什么也没有。只是他无法再将金属屏板装回去，他让自己折腾了整整一个下午，当母亲来接他回家时，他还没有让螺钉复位。但是倒并没有惹出什么麻烦，因为母亲要克拉拉姑姑找一个人来修理，由她支付账单。在回家的路上，她甚至都没有对他生气。她说，多年来，她一直很想做这件事。

对罗伯特而言，他喜欢事物本来的样子。他喜欢观察和探究它们的工作机理。认定了这一点后，罗伯特走过去站到书架前面，他对眼前看到的，对所有的奇怪东西产生了浓厚兴趣，但又无能为力，因为从来就不允许他去碰触它们——珊瑚、海星、贝壳、孔雀羽毛、鹦鹉蛋、陶制卵形笛、五彩石。他觉得再看下去会忍受不了它们的诱惑，便转身离开，向餐厅和前厅走去。时间快到十点钟，他在那座布谷鸟时钟前面等着，直到它的小木门突然打开，木制小鸟飞落出来，气喘吁吁地报告钟点。然后他继续迈步，想找到一个合适的地方安顿他的士兵。

在楼梯顶端，在狭窄的走廊里，罗伯特撞见了克拉拉姑姑和威尔弗雷德姑夫的高中和大学毕业证书，它们都放在镜框里，还有莫里森祖父的勋章，还有一张莫里森祖父躺在棺柩里的照片，周围摆满哀悼的鲜花。左边是客房及克拉拉姑姑和威尔弗雷德姑夫的卧室，卧室的门紧紧关闭，给人的感觉就像从来不会有人进去就寝，不过当然不是这样，每天夜晚他们都在里面。右边是莫里森祖母的房间，他在门边停住，探头朝里张望。莫里森祖母坐在靠窗的摇椅上，邦尼睡在一张宽大的桃花心木床上，身上盖着毯子，他们没有察觉罗伯特来到这里。房间里乱七八糟地散落着衣饰图样、制被子的布片、粉笔、缎带、旧信、线轴、盒子、篮子和提袋。她总是这样说："如果你想进来就进来。"她还会说："要不，如果你想待在外面就在那里待着……"他嗤了一下鼻子（有一股微弱的樟脑味），继续沿着走廊走向威尔弗雷德姑夫的书房——是一间狭窄而幽暗的小房间，里面有一张简易小床、一只衣柜、两把椅子、一张卷盖式书桌、一张打字机桌，它们中间有一块可以走动的空间。还有一张张照片，厄尔卡火灾保险公司的州级代理员们从椭圆形的镜框里俯视着罗伯特，这种凝视的目光让他感到窘迫不安。棕色的墙纸，就像舌头上令他犯呕的甜味。但是，这衣柜倒恰好是他要寻找的所在。

他把士兵放到柜顶，放在目光触及不到的后面。当他转身走出书房的时候，他停下步子，因为他听到火车的汽笛声：两声长，两声短，然后是一声令人倍感凄厉的长鸣……罗伯特听着，直到它再度响起。两声长……两声短……这是悲惨的一刻，他知道父亲和母亲就在那列火车上，他们已经离开，把他留在这个令他不快的屋子里，让他和他不喜欢的人住在一起。他也知道，他将很长时间见不到他们——假如还见得到他们的话。

9

莫里森祖母很健忘，她一点也记不住人们的名字，也时时忘记把东西放哪里了。“詹姆斯，”她会对罗伯特——“莫里森……罗伯特”——说，“你有没有看到我的眼镜？”其实，它一直架在她自己的鼻子上。

当她把眼镜卸下，她会用一种令人舒服惬意的方式和罗伯特交谈，她会谈卢西塔尼亚号[①]，谈暗杀加菲尔德总统，谈炮轰萨姆特堡[②]。还会谈罗伯特的叔祖父马丁，他

---

① 1915 年 5 月 7 日被德国潜艇击沉的英国豪华客轮，由于伤亡者中有大量美国人，成为美国参加第一次世界大战的导火线。

② 位于美国南卡罗来纳州查尔斯顿港的一处石制防御工事，1861 年 4 月 12 日遭南方叛军连续炮轰，遂引发美国南北战争。

在密西西比州拥有一个棉花种植场。她还说，如果南方人能够善待黑人，不叫他们黑鬼，而是称他们先生和太太，就不会发生战争。她还会谈圣保罗，谈基督怎样不管别人的反对，执意受洗，因为他沉入水底之后还有本事浮出水面。

只要罗伯特没有脚穿鞋子在床上闹，或者，没有在她用钩针编结的时候提出各种各样的问题打扰她，他就不会受到她的干涉，可以随意玩自己喜欢玩的东西。通过反复摸索，他发现莫里森祖母的房间是这幢屋子最安全的所在。在此外的其他地方，每当他触摸什么东西的时候，就会有一个声音发出警告："罗伯特！"如果他在焦躁不安中（他总是这样）踱入客房，或者下楼，克拉拉姑姑会拉大嗓门喝阻他，这是必然发生的事情，不同的只是时间迟早而已。她说："罗伯特，我想我对你说过，不要动你威尔弗雷德姑夫的粘贴簿……至于那个球形织补架，罗伯特，是你伯内特曾祖母用过的东西，如果我是你，我想我不会用它来玩抛球游戏……罗伯特，你真的认为你唱的歌是那么优美？……"直到他什么也不敢做，什么也不敢说，只能坐在前厅，无所适从地合拢和翻开双手，或者脸朝前窗呆呆站着，目睹孩子们在窗外经过——他们在结冰的人行道上奔跑，滑动，相互推搡。

他能叫出他们所有人的名字，那些身后拖着雪橇的男孩，用洁白纯净的积雪堆砌天使的小女孩。他知道有些较大的男孩口袋里兜着弹子。但是当他们抬起头看见他的时候，并没有流露认识他的眼神，他们什么表情也没有，只是好奇，仿佛是在注视一个来自中国的异乡客。他和他们已经隔绝、疏远，他和他们的处境大不一样，他的妈妈离开他，去迪凯特生孩子了。

当屋外再没有什么能够吸引罗伯特的时候，他会转回身，等着布谷鸟时钟敲打报时。那扇小木门突然打开，小鸟鸣叫着飞落出来，他的兴趣又被激活。这只木头小鸟提醒了他，由于他的疏忽，让母亲进入邦尼的房间，而邦尼正在发病——那是一件令他懊恼的事情，他宁可记不起来。当他尽力把它弃之脑后的时候，他内心总还是依稀存在一种焦虑意识，担心会有什么事情发生。

对罗伯特来说，这里的生活如同死水，一天一天毫无变化。他深感失望，甚至连感恩节也不例外，因为克拉拉姑姑烤的是六十美分一磅的鸡肉，而不是火鸡。但是在感恩节后的星期六，他有了一个发现，那是一件曾经被他忽视的东西。起居室桌子底下，有一册足本的词典，在它上面还有七八本大开本的书籍，按照尺寸大小依次叠放。他立刻把它们全都拿走，同时心里做好充分的戒备，一旦听到克拉拉姑姑进来，能够在瞬息之间将它们放回原处。

在词典上查找不适合自己年龄的词汇不是犯罪，不会因此被投入监狱。但是他不想在做这事的时候被人逮住，特别是不能被克拉拉姑姑逮住，因为他觉得这像说谎或偷听别人讲话一样不光彩。

最好的方式是挑选一个字母（比如 C），他闭上眼睛，任意地翻到一个页面："chilblain（冻疮）……child（孩子）……childbearing（生育）……childbed（分娩）……childbirth（产子）……"他的目光掠过他正在寻找的词：人们所说的"with child（怀孕）"，即一个妇女怀着孩子。"child(孩子)，名词；复数：children……一、尚未出生或刚降生的人，可以指 fetus（胎儿）、infant（幼儿）、baby（婴儿）……是不论性别的未成年人，尤指婴儿期和青春期之间的儿童，具有未成年人天真无邪的特征……”

罗伯特涨红了脸。他环顾起居室四周空着的椅子，他几乎就要把词典合拢，然后又改变了主意。

“他们顺从，轻信，理解力有限，等等……‘我做孩子的时候，话语像孩子，心思像孩子……’①”他感觉到衣服底下的皮肤在发烫。他的思绪继续向深远的地方延展：他想寻找胎儿这个词，他根据字母的顺序一路检索过去：“…… fetter（束缚）……fettle，fettle（情绪）……fettling（修补）……”终于找到“胎儿”：“fetus，foetus（胎儿），名词，正要出生的人、卵、幼崽、幼雏，和同义的拉丁文相似。fruitful（多产子的，多结果的）、fructified（结果实的），意思是怀着仔……动物的幼崽或者子宫里的胚胎……”邦尼来到他的背后，他的脚步如此悄然，不出声响，以致罗伯特丝毫没有觉察到他在这间屋里。邦尼等了一会儿，然后轻轻发出声音，罗伯特在惊恐中砰地把书合上。

---

① 引自《圣经·新约·哥林多前书》第13章第11节。

"如果她逮到你,"邦尼说,"如果她发现你动她的词典,你准会挨骂!"

"她不会知道。"

"如果她发现,你怎么办?"

"我才不怕。"

"那么,你为什么脸红?"

"我没有。"

"你分明是。"

"我没有,一点也没有。我要发火了,邦尼,去别处玩!"

"我会去,"邦尼说,他怀着希冀,"让我玩你的宝贝士兵好吗?"

"那可不行。"

罗伯特读的这页上面有折痕,他小心翼翼把它压平,这可能是以前克拉拉姑姑使用词典时留下的,当然她可能不会去找一个字母C打头的词汇……"动物的幼崽,"他读道,"或者子宫里的胚胎……"

邦尼走出客厅,留下罗伯特一人。罗伯特随意用拇指把词典翻到以字母W开头的单词:"……wolf(狼)……

wolfish（贪婪的）……woman（女人）……woman's right（妇女权利）……womb（子宫）……肚子……腹腔……‘来自子宫的罪人’——考珀[①]……任何像子宫一样起容纳和包合作用的腔体……”罗伯特读了一遍又一遍，他跳过括号和缩写词，但是他依然弄不明白它的意思。词义就印在那里，可是他不能理解。他看不懂那些词所包含的深意。

突然，罗伯特产生一种冲动，他想去屋外，在一个空旷的场地奔跑，他想不顾一切地狂奔疾跑，用他的肋骨去顶一只足球，最后被拦截并摔在像地面一样坚硬的东西上。他叹了口气，合上词典，把其他书籍放回到它上面。然后他走到前门，探望邮件是不是送来，果然邮差来过了。有一封写给克拉拉姑姑的信件，是父亲的字迹。罗伯特把信交给她，然后站在边上等着，他的心脏在衬衫下面忐忑不安地跳动。

“是你父亲的信，”她说，这时，她在厨房的环状擦手毛巾上擦干手，“我说这封信是你父亲寄来的。”她打开信，

① 指英国诗人威廉·考珀（1731—1800）。

从头到尾慢慢地看。当她看完后，她把信纸放回信封，塞进自己的厨用围裙口袋。

“宝宝生下了吗？”罗伯特问。

“没有。”

“他说我妈怎么样了？”

“你妈妈很好——他说，就像期望的那样好。”

罗伯特看着她。“是他说的吗？”

“是，是这样说……”

但，肯定不是，罗伯特上楼的时候心里这样想，因为从她的眼神中他能够察觉，这封信里的有些事情克拉拉姑姑没有告诉他。对了，可以打电话给麦格雷戈医生，探听真实情况，但母亲说不要轻易去打扰他，除非有重要的事情，也许这不算重要。

可是接下来，当他走到楼梯平台时，他又对自己说：这可能很重要。他转弯往走廊走去，他的眼角立刻瞥到一幕场景：邦尼正在试图拿下他的士兵，这家伙在威尔弗雷德姑夫的书房里拖过一把转椅，放在书架前面，摇摇晃晃地站在上面。

“嗨！”

在罗伯特的上方，邦尼转过他那张布满惊恐的脸，他失去平衡。士兵随着他一起跌下来，砰然撞击在地板上。

“我不是要……真的，我没有！”

罗伯特擦身而过，嘴里一句话也没说。他的哥萨克士兵躺在那里，断了胳膊，断了脑袋，断了来复枪，而它们的白马也摔断了腿。他哀怜地扭曲着嘴巴，那可是他的轻骑兵。

“该死的。”他说，“该死的，邦尼……真该死！”

10

为了修复那些残破的士兵，罗伯特动用胶水、火柴、金属丝、牙签和线缕，在星期日忙碌了整整一个上午。幸运的是，有些马腿是整截断下的，所以他能将这些腿和马的身体重新粘连起来。如果这些马以后不能站立，那么，他从此得把它们假想为跛脚马。士兵的断臂能用金属丝来固定，脑袋可以用火柴连接。所以不论是谁，如果远距离观察，几乎看不出这些士兵是经过修理的。但不幸的是，罗伯特把它们当玩偶的时候，必须挨近它们。

邦尼想要帮忙，可是克拉拉姑姑说别去。罗伯特既然对弟弟那样说话，就不应该得到任何帮助——这对罗伯特再好没有。他想，等到邦尼长得够大，那时他们两人都长大了，而且个子相同，他要把邦尼带到后院，狠狠收拾他一番。他对自己（也对邦尼）说，这样虽然不可能让那些士兵恢复完好无缺的原貌，但是他肯定要报这一箭之恨，至少可以大大地出一口气。有时候，罗伯特注视起居室的地板，地板上罗列着他的士兵——但是，它们有的身首异处，有的胳膊在这里，宝剑或头盔在那里，场面狼藉——他会突然决定，等邦尼长大再清算，时间实在太长，令人不耐。有些事情立马可以去做！不过这时威尔弗雷德姑夫就坐在那把大椅子上，正在读星期日的报纸，所以，什么事情也没有发生。

一点钟还差五分钟，克拉拉姑姑叫唤罗伯特和邦尼快来洗手用餐。邦尼抢先到厨房的水槽洗手，花了很长时间，轮到罗伯特用肥皂时大家已经落座。因此罗伯特觉得没必要花大力气彻底清洗或过于刻意不在擦手毛巾上留下污渍。再说，他已急不可待，当他坐下，折叠好餐巾，他暗自嘀咕：肚子还真是饿了。

在家里，如果他想品尝沙拉，而其他人都还没有动手，他不会迟疑或者耐心等待。可是在这里，直到克拉拉姑姑用低沉的声音对他说话之后，他才敢动手用餐。

“罗伯特，你忘记了重要的事情。”

他在惊愕中抬起眼睛，发现他们全都在注视他——克拉拉姑姑、威尔弗雷德姑夫、莫里森祖母，还有邦尼。他放下叉沙拉的叉子，低下头。威尔弗雷德姑夫语带不快地说：“保佑我们，主啊！你的这些礼物……”

即使按要求做了餐前祷告，即使他们无异议地接受这一仪式，可是随后威尔弗雷德姑夫的心情还是没有恢复。后来罗伯特终于明白，这不是因为他的缘故。由于传染性疾病的持续，卫生官员要求基督教会（和其他所有教会一起）关闭它们的教堂。在威尔弗雷德看来，完全没有必要采取这样的举措。

“这是一码事，”他说，他忽视了令罗伯特垂涎的鸡翅——鸡身上这个部位是罗伯特的最爱——却把鸡腿给了罗伯特，这是他最怕下肚的，如果有办法他绝不会吃它，“关闭保龄球馆和台球房是一码事，但是关闭耶稣基督的教堂这完全是另一码事。人们会认为教堂聚会对健康有害——

尤其是认为它们会助长疾病蔓延。”

克拉拉姑姑说：“这是真的，周围有很多人发病，我觉得，情况确实严峻。”

“教堂，”威尔弗雷德姑夫说，“在他们看来是如此微不足道，用一个最小的借口就可以让它停摆……这毫无道理。我就不明白了，星期日人们仅仅花一个小时聚集在一起，比起他们整天待在商店或办公室，这难道更容易助长疾病蔓延？”

罗伯特已经吃饱，而威尔弗雷德姑夫还在侃侃而谈，此刻，他只是希望赶快远离食物。

“这里有些冷。”他说，没想到克拉拉姑姑会起身去看温度计。

“我来告诉你……七十六华氏度。难道你感到不舒服，罗伯特？”

他一切都好，非常之好，这没有理由，为什么他们全用怪异的眼光看着他？

“你的眼睛像是在充血。”

罗伯特把他的椅子从桌边往后推。“没有，”他说，“我只是觉得这里冷。”他还没有走到楼上的盥洗室，就开始呕吐。

克拉拉姑姑为他脱衣，脱到他执意不让为止，然后抛开被子，让他上床睡着。只一会儿工夫，麦格雷戈医生就来了，给他测体温，问他问题——在对他做这些的时候，刻意和他保持较大的距离。罗伯特因为麦格雷戈医生的到来而高兴，当他离开时又甚感抱歉。但是他已经无能为力。他被隔离，他已经被彻底击倒，被自身的疾病所掌控。

情况持续了三天三夜。

克拉拉姑姑每隔两小时露一次面——她时而用衣服把自己裹得紧紧的，时而穿一件白色的长睡袍，头发扎成辫子披在背后。有时，她的到来是如此悄然而不显行迹，以致后来他都不能确定，她究竟有没有来过这里。他不能确定，隔了多长时间，她又再次站在他的床边，一只手拿着两粒白色药片，另一只手拿着一杯水。

第四天早晨，罗伯特从酣睡中醒来，发现自己好些了。他想到有一件事必须要弄清楚，在他刚记起那是什么的时候，克拉拉姑姑端着早餐托盘来到他的身边。

“早上好，”她说，“你觉得怎样？我是说你的感觉如何，罗伯特？”

“好多了。”

他的声音很微弱，不像他的，倒像是另一个人在说话。

“我想我得起床了，克拉拉姑姑。”

“你不能，你是个患病的男孩，罗伯特。这是一种凶顽的疾病……”

那封信……一个念头非常突然地闯入他的脑中。克拉拉姑姑收到一封信，她不会把里面的真实内容告诉他。他还想打电话向麦格雷戈医生求证，那天麦格雷戈医生来的时候，他被病魔折磨得有气无力，没想起来。

“克拉拉姑姑，告诉我，妈妈怎样了？”

“医生说，她的状况和我们所能指望的差不多。加以她在医院里，能得到最好的医疗和看护。”

罗伯特听了这话并不十分满意。她一走出房间，他马上把背转向墙壁，这样他就不必面对墙上那些保险公司代理员，他会顺利进入睡眠。中午，克拉拉姑姑叫醒他吃药。他又问同样的问题，得到的是相同的回答。他闭上眼睛，入睡，又醒来，又进入睡梦，直到他差不多熬尽了这个冬日的下午。街灯亮起，照在天花板的方格上。然后他翻身，他看到，他远远地看到，就好像把望远镜倒过来，从它的尾端观察，他仿佛看到一个月以前发生的事情。在十月里的最后一个星期日，他们全家一齐坐进汽车，跻身在钓鱼竿、食品篮、煎锅、旅行毛毯、水壶、蚯蚓罐之中。然后驱车前往农村，在一扇特殊的大门前把车停下。然后他们拖着带来的所有东西，翻过一道带刺的铁丝篱笆之后，来到小溪边上的一块空旷林地。

他们把旅行毛毯铺在地上，拿出食品摆好，父亲走到远处的下游，把鱼钩抛入水中，等待小梭鱼和鲈鱼的光顾。母亲坐在高高凸起的岸边，溪里的太阳鱼都会游到这里，它们迟早会成为她手中的猎物。邦尼坐在母亲附近一棵老树的树根上，当他分心走神的时候，水下的鱼儿慢慢把鱼饵一点一点啃光。罗伯特走到溪边，过了桥找到一个佳处，他避开伸向溪心的树枝，向水中抛下鱼钩。

母亲在对岸傻傻地对着他笑。在他眼中，母亲好像也在对着天空微笑，对着溪水，对着飘落下来的黄叶微笑。她的微笑一次又一次在岸下漂游，然后又转移到别处。

11

罗伯特醒来的时候，外面已经非常幽暗，楼下，克拉拉姑姑的声音通过通风装置，明确无误地传到他的耳中。

“是的……是的，阿曼达……”

她对着电话讲话的声调很高。

“我非常好，你呢……我是说我很好……是……他好多了，我想是的……我是说罗伯特好多了。白天大多数时候他都在熟睡……对……在迪凯特……是的……尽管采取了所有的预防……他们两个……詹姆斯，也……”

罗伯特的头落回枕上，她们是在谈论母亲和父亲。在他发病的时候，母亲和父亲发生了什么？或许，还是在他生病之前，而克拉拉姑姑没有告诉他。等她带着他的晚餐托盘上来的时候，他要问她：我妈妈怎样了？你必须告诉我……可是事情的结果并没有按他想象的发展，在罗伯特的食盘被送上来之前，他听到前门的门铃响起，楼下的走廊里传来艾琳的声音，他猛地从床上坐起，他感到眩晕和迷乱，他不能完全确定自己是不是听错。

“我不知道，艾琳……”

克拉拉姑姑在和她争辩。

“我的意思是，我不知道是否该让人探望罗伯特，他还在发烧，医生吩咐——”

罗伯特一刻也不能再等。

“艾琳，”他喊叫，“我在楼上！”

他听到高跟鞋撞击楼梯的声音，他知道，毫无疑问，世界上唯一不怕克拉拉姑姑的人就是艾琳。

艾琳把灯拧亮。她站在门口，显得非常漂亮。她的眼睛发光，全身穿黑，一条黑色的软毛围巾绕着脖子。她走过来坐在床沿，就在他旁边，罗伯特能够闻到她身上的香水味。简直是个玩笑。突然之间，所有的事情都成了一个玩笑。他的手（她紧紧地握着）、深褐色的墙纸，还有保险公司的代理员们。而最大的笑话就是罗伯特自己——因为他竟然愚蠢到会在克拉拉姑姑家里生病。

“我去过芝加哥。”艾琳说，好像那也是个可笑的举动。

自从那天她和他一起坐在楼梯上以来，发生了何其多的事情。他没有问她为什么去芝加哥，他对这不感兴趣。当他很小的时候，有时做了不应该做的事情——比如用软管向正要出门去周五桥牌俱乐部的埃塞尔阿姨喷水——他会以最快的速度逃到艾琳身边，一旦到了那里，他就安然无恙。艾琳不会让任何人逼近他，即便他的父亲。她会眼睛冒出怒火，把他拉到自己背后，话音坚决，落地有声：“詹姆斯·莫里森，别动这孩子一根毫毛！”

罗伯特仔细打量艾琳，努力记住她的脸和她帽子上的搭扣，这样，她走了以后会留给他一些念想。她的手帕里有一块吸足扑面香粉的海绵，母亲也带着这样一块。他的注意力没有完全用在听她讲述她的故事——怎样在芝加哥街头迷失方向。

“……当我丝毫确定不了我在何处的时候，我向一个警察走去，问他：‘能否请您告诉我，怎样回帕尔默旅馆？’他说：‘女士，跟着你的鼻子走。’”

罗伯特笑了，他声音缓慢地叫着她的名字。

“艾琳……”

“什么？”

“有一个女的，刚刚打电话来这里，她名叫阿曼达·马修斯。”

“是的，罗伯特。”

“她们谈到妈妈……当我问克拉拉姑姑我妈怎样，克拉拉姑姑总是说：‘她像预期的那样好。’”

他不能讲出他心中一直忧烦的问题，但是艾琳似乎全都知道。她对他点头，好像他已把这些全都大声说出来了。

“躺好。”她说。然后拉下他的被子，摩擦他的背，当他幼小的时候她经常这样做——一直摩擦到他昏昏欲睡，内心深处平安宁静。

“你妈妈和爸爸，他们俩得了流感，病得不轻。”

他转身看她，她正在注视窗外。

“你妈妈还得了双叶肺炎。”

罗伯特把背转向墙壁，闭上眼睛。现在他终于弄明白了他想要知道的事情。

“昨天宝宝生下来了……还活着。今天中午我见过医生，他说你妈妈稍有一点好转……她的好坏几率均等，他说。”

12

艾琳走了之后，罗伯特进入昏沉沉的发烧状态，他在脑中寻找一种描述父母境况的用语。他不想使用某些令他谈虎色变的词汇。“双叶肺炎。”艾琳说。父亲和母亲两人都住在医院里。

有一个例子，是阿梅莉亚阿姨的丈夫谢泼德先生，他在前年冬天患上肺炎(普通的那种),有一个词叫“危险期”,等它过去之后，他好了起来，但是人们不会总是这样幸运。

比如学校里的哈里斯小姐就是一个不幸者，她患有肺结核，所以显得很是苍白虚弱。她教地理课，所有的孩子都待她好，常常带给她苹果和橙子，送她盛开的丁香花。

为了庆贺她的生日，全班学生从暖房里摘来香豌豆花送她。

在她不得不停止教学之后，一天下午，罗伯特骑着自行车和艾里什同去探望她。她在楼下一间病房里，躺在床上，短短的时间，她的变化非常大，他们几乎认不出她。当她鼓起精神和他们说话的时候，她咳嗽不止。房间里有一只钟，在滴答滴答地走，这声音很吵，像是在催促他们离开，因为医院不许他们在这里多作逗留，只让待一两分钟。

几年前，那还是罗伯特对布兰尼外祖父有记忆之前。布兰尼外祖父外出去农村，住在一个名叫格雷斯兰兹的地方，当地人养了一只雪貂用以驱赶老鼠，当布兰尼外祖父熟睡之际，雪貂咬了他的耳朵。回家之后他病了很长一段时日，所以他们必须把圣诞树安置在他楼上的房间。当门打开，邦尼和阿格尼丝一起拥进去——阿格尼丝叫喊："看我的摇马！"而邦尼说："哦，看我的玩具娃娃。"

布兰尼外祖父死了之后，他的房门一直紧闭。有一次，乘着周围没人，罗伯特开门进去，除了家具，房里所有的东西都被拿走，甚至连衣柜也空空的没有任何衣物。

回到家里他和母亲谈到这事，她告诉他，对于布兰尼外祖父的死，他们是怎样想的，她告诉他，外祖父临终时睁开眼睛凝视他们，外祖父说：天国是个完美的地方……这句话和主日学校的斯塔克先生读到的一个句子非常相像："在我父的家里有许多住所。"[①]实际上，它们的意思是一样的。斯塔克先生说，如果人们清白无邪，没有触犯"十诫"，死的时候就能直接进入天国。猫和狗也同样如此。只是，这句话是不对的，罗伯特对此确信无疑，因为艾里什的家猫生小猫，小猫仔死了，他和艾里什把一只猫仔放在装有少许水的玻璃罐里埋掉。两个星期之后他们又把罐子挖了出来。

有些事情最好不要去想，丝毫不要去想它们，所以此时此刻，在罗伯特内心骚动不安之后，他能够平静地躺着，平静地坐着。有人上楼，他听到厕所里抽水马桶的冲水声和龙头的流水声。然后所有的声音消失，直到威尔弗雷德姑夫带着他的晚餐上来。

---

① 引自《圣经·约翰福音》第 14 章第 2 节。

他喜欢谈论母亲，可是他觉得他和威尔弗雷德姑夫不够熟悉。威尔弗雷德姑夫是和蔼的，当他处于半睡半醒的状态时，不会逼着他把药片咽下。他拧开电灯以后，总会用一张纸把灯圈围起来。而另一方面，威尔弗雷德姑夫不同于其他男人，他不抽烟，不喝威士忌，也不讲名叫帕特和迈克的两个爱尔兰人的故事。他不勤理发，不相信跳舞的益处。他穿的鞋子鞋尖向上翻起，星期日他会去教堂三次，罗伯特想不出有什么事情可以和他交谈。

当罗伯特用餐的时候，他们陷于各自的沉默中，但是，在威尔弗雷德姑夫走出房门的那一刻，他后悔就这样让威尔弗雷德姑夫离开，他害怕灯光陡然地熄灭，因为他深信，在他的房间灯光熄灭之际，如果母亲恰好出事，这全是他的过错。他非常恐慌，当然——他从来没有这样恐慌过，这是一种可怕的战栗不安，立刻，他的胃像是疼痛不耐，他忍不住想要喊叫。他用力捏紧拳头，把脸埋入温热的枕头。黑暗令人窒息，可是他就这样躺着不动，直到意识朦胧地进入睡眠，进入一个光亮的梦中。

他回到了家里。

他是在楼梯口那间狭小的缝纫室里。

这是晚上。

他快要进入睡眠，他听到楼梯嘎吱作响。

声音从楼梯上传来。

是姑姑和阿姨们的声音："罗伯特不能……罗伯特不能说……不能说'羽毛'，他把羽毛说成'以毛'……"是克拉拉姑姑、埃塞尔和艾琳阿姨。声音在黑暗中拖得很是悠长，然而可以听出，她们是在接连不断地重复同一件事情。

这让他感到很不舒服。他翻身，紧紧拽着毯子的边缘。

羽毛……羽毛……

他现在可以没有困难地说出来，轻而易举，就像……但是在他很小的时候，他做不到。

羽毛……

这个词终于脱口而出。

羽毛……

这声音从屋子的暗处擦过，楼梯上传来笑声。

羽毛……

晚风裹着他，把他困在空荡荡的床上，他眼前一片黑暗，他和外界隔绝。他预感到痛苦就在前面，他极不情愿地向睡眠深处走去。

在他的梦里，他听到马的铃铛声和马蹄的嘚嘚声，他听到坚硬的路面嘚嘚作响……他看见德雷福斯和它油亮的棕色侧腹，他听见套在德雷福斯身上的马具在上下抖动……博伊德和艾琳苍白的脸上堆积着急切的神情，他们坐在一辆黑色的高大四轮马车里，从他身边驰过。他在他们后面跑，口里喊着：艾琳！艾琳！但是他们没有听见。所以他试图爬上四轮马车的后背，他喊道：

艾琳！

（狂暴地呼喊。）

轮子，转动着……

听见我了吗，艾琳？

拖着他……

整个地撕裂了，他的梦被彻底撕裂，连根拔起，他在黑暗中坐起。有人在摇他。

“罗伯特，亲爱的，醒醒！”

是母亲。

“我醒了。”

“你没醒。”

“我确实醒了。”

“那么告诉我，你怎么啦？”

叹着气，他躺回到枕头上。由于体重的下压，床垫弹簧发出嘎嘎的响声。他非常疲倦。

“我不知道……我做了一个噩梦。”

“我听见了，在我房里听得很清楚。”

她在黑暗中向他俯身，把他前额上的头发朝后梳理。

“这肯定是一个很坏的梦。”

“是的，肯定是。”

睡眠还在下面向他发出诱惑，就像一个看不见底的深渊。

他能够朝下张望……

如果母亲一直陪着他，他不会立刻跌进去，不会再做刚才的噩梦。但是他不可能要求她这样做，他已经长得够大，长得非常非常大了。

“因为这个房间，罗伯特。”

反正，她像是已经猜到了。

他没有告诉她，她就走到窗边调节帘子，使它不至于啪地落下。

“你不习惯睡在这间房里。”

然后她走回来，坐在床缘，就在他旁边。

他的脑子清醒了。

他的双肺不再由于兴奋而激烈地舒展收缩。

当他内心非常平静的时候，他开始下沉……现在他不害怕了，母亲在这里，她不会马上离开，没有必要仓促离开。

他曾经回头看，想要对她说声晚安，但是他发不出声音。

他已经走得太远。

他们之间相隔的距离越来越大。

在很深的底部，他转身，看见她依然坐在床缘，在他离开时的地方。

13

罗伯特不该起床，麦格雷戈医生说，除非明天他不再发烧。但是起床并不是件难事，只要罗伯特用两只手臂撑在床边，他就感觉良好。仅仅当他站立的时候，或者当他弯下身子穿长袜的时候，他必须休息一下，在系鞋带前还得再停歇一次。然后，他用一条腿站着，他微微颤抖，他在估算去衣柜的距离，克拉拉姑姑把他的衣服挂在里面。他觉得地板有些微微倾斜——但不比他预想的严重，更不足以让他摔倒。他穿上内衣和衬衫，当他调节假腿上的皮带时，一只麻雀飞来啄窗台上的油漆印，罗伯特虚弱无力地挥动手臂，麻雀受惊后展翅飞离。

在他完成穿衣整装之前，电话铃响了，克拉拉姑姑的声音经过通风装置传来。罗伯特拉紧皮带，按上搭扣，竖起耳朵听。

“喂……喂，詹姆斯，我听不见你……我是说我听不太清楚你说什么，你能听到我说吗……是……”

一想起父亲，罗伯特紧张得必须坐下，用两只手紧紧抓着椅子边缘。

“你不是指，詹姆斯……”然后一阵长长的静默，“不，但是我会……如果你想要我……”

罗伯特的神经像是紧绷的弦，他听到电话听筒的咔嚓声。

“邦尼……哎呀，邦尼……”

当罗伯特拉开房门的时候，克拉拉姑姑已经走到楼梯口，看到他既不吃惊，也不生气。

“来这里，罗伯特，”她说，“我有事情要告诉你。”

他跟着她走进莫里森祖母的房间。邦尼单独在里面，身穿睡衣。克拉拉姑姑坐进摇椅，让邦尼坐在她的膝盖上。

“是关于你们妈妈。”她说。她的声音听起来嘶哑，好像得了感冒似的。她开始前后摇摆，前后不停地摇摆，直到她的双眼溢满泪水。罗伯特转身，跑出房间。

用不着告诉他发生了什么，他已经明白一切。夜间当他在睡眠中游走的时候，她的状况极度糟糕，然后，她并没有像医生说的那样，赢得一个均等的机会。她死了。他的母亲死了。

第三卷

一个罗盘点

1

如果詹姆斯·莫里森在街上看见一个像自己这样颓丧的落魄者，他会想：这个可怜的家伙怕是不行了……但是此刻，他从前厅的镜子旁边走过，没有注意镜子的存在，所以，他不知道他的脸色是多么灰白；也不知道，仅仅几天，在疾病、苦难、忧伤的夹击下，他变得多么衰老。

他跨进书房门槛，心中感到一阵震动，他发现，所有的一切都没有变化，椅子、白色的书架、小地毯和窗帘——甚至他放在壁炉架小钟后面的烟斗通条。现在它们就在他的眼前，和他离家之前毫无二致。他走进房间，听见的是自己脚步的回声，他明白，现在只剩下他一人，只要他还活在世上，就会继续听到自己的脚步声，感受这种孤独的回响。

当他在走廊的壁橱里挂上外套和帽子，索菲跟在后面。“有一些寄给您的信。”她说。

“一些什么？”

“有一些您的信和账单。您走后寄来的。”

“哦。”詹姆斯说。

“我把它们放在桌上。”

这时，他第一次正视索菲，发现由于擦拭眼泪，她的眼睛通红通红。

“我想提醒您。”她说。

“是。”

“说不定会有重要的事情。”

“是的，我会看它们。”他突然意识到为什么她的模样有所不同，因为她没了牙齿，瘪着嘴巴，没想到索菲竟然成了一个老妇，“一会儿就看。”

“我在您房里铺好了床单，您随时可以躺下休息，莫里森先生。”

她发现他没在听她说话，于是试着再说下去："昨天，希勒女士从迪凯特发来电报，她说今天上午来打开屋子，为布兰尼小姐准备客房。"

"为布兰尼小姐？哦，是的，我忘了。也许他们没有告诉我，不过，这没什么。她什么时候到？"

"电报上没说，只说为她准备好客房，她会来。卡尔就要走了。"

"去哪里？"

"怎么，他难道没告诉您，莫里森先生？他准备回德国。"

"也许他和我说过。对了，我想是的。他什么时候走？"

"很快，两天之内吧。"

詹姆斯用双手蒙住眼睛，感觉到黑暗对他是一种抚慰。他的眼皮被擦破了，而且僵硬。他已经三夜没有合眼，要他再度平静入睡，似乎是不可能的事情。

"你一定记得告诉卡尔，要他离开之前来见我。"

索菲点点头。"今天一早他就来了，我要他为壁炉生火，这样，您只须划根火柴就可以了。"

“这样甚好。”

“他来的话，我会告诉他您要见他，莫里森先生。”

詹姆斯拿起一沓信坐下。“詹姆斯·B. 莫里森先生……詹姆斯 · 莫里森先生收，西埃尔姆街五百五十三号，伊利诺伊州洛根县……詹姆斯·B. 莫里森先生暨女士亲启……”他一遍又一遍地读信封上的字，但是他实在提不起劲，也没有意愿去拆开它们。“詹姆斯 · B. 莫里森先生暨女士亲启……”他闭上眼睛，朝椅背靠着，无法从靠垫上抬起头来。

“感觉像是喝醉了。”他说。

出乎他的意料，索菲还在那里，并接过他的话说：“有一次，在乡村老家，那时我还是个女孩……”

詹姆斯没有听她说到末了。如果他用心听索菲说话，他会看着她，这样，他就不得不把眼睛睁开。

当他放松的时候，当他在一个地方坐得太久，他总会觉得自己是在闹市的火车站台上，和她一起。火车正在进站——是他们等着前往迪凯特的那班火车。人们在站台上走来走去，等着上车。他朝前面挤，每挤一次他都想确定是不是还是等着为好——但是他没有等，问题出在他试图赶在其他人上车之前找到两个座位。如果他后退，他会看见城际客车在这列火车旁边停靠，在另一组轨道上……这列城际客车有一节置有单人座椅的车厢，几乎是空的。难道事情不是明摆着？乘坐这节车厢要舒适得多。他们的火车票可以等下再拿出来，这样就不会被人发现。但是他们拿着手提箱，所有的人都在朝前推挤他们，尽管这列火车已经很拥挤。没有退路，只有踏上阶梯，朝车里走去。

“您必须保重自己的身体，莫里森先生，”索菲说，“您要为三个年幼的孩子着想。如果现在您有什么事情……”

“是的，”詹姆斯说，“你的话很对。”他猛地跳起来，开始撕信封，撕开一封又一封。当他在壁炉和窗子之间来回走动的时候，他读信——读了一遍又一遍，但是他丝毫记不得他读了些什么。然后他把信封和信纸扔在书房的桌子上，一动不动地站着，肩膀紧紧靠在壁炉架上。

如今，整整两天了（自从那天拂晓他们到他房间告诉他噩耗，一直到现在），他好像始终是在火车上，显然，没有办法让他停止这种状态。

2

棺木靠着客厅的凸窗放着，詹姆斯想单独待在那里，可是殡仪员几乎一走出屋子，威尔弗雷德就现身了，他带着詹姆斯的母亲和邦尼。

邦尼在哭泣。

詹姆斯俯身把邦尼拉到自己两膝中间，用粗糙的皮肤碰触邦尼的脸颊，感觉邦尼的脸是冰一般的湿冷。

“你瞧，你瞧，”他温和地说，“不要这样，儿子。你不要这样难过，你会生病。”他扯动着孩子外套上的一颗大纽扣。

“我给他穿了他的套鞋。”威尔弗雷德说。

詹姆斯怀着真挚的谢意看着他。

“我说我给邦尼穿了套鞋。”

“哦……太感谢你。”

“没什么，”威尔弗雷德说，“很高兴为他做，只是我觉得我把它们穿反了。”

詹姆斯点点头。好像在说他们最好是默默等待，让他独自安静一会儿。

“克拉拉要我告诉你，今天晚上她会来，晚餐之后。”

“你们快把外套脱下，”詹姆斯说，“你们不要站在前厅。”他怀疑，他的话在他们听来是不是像是绝望的——甚至更像是愚蠢的。

他母亲松开又厚又重的羊毛围巾，用黯淡的眼睛看着他。

“詹姆斯，”她神情严肃地说，“她去了一个更好的地方，在那里她会永远快乐。十四年前你爸爸死了——是在三月。那时的天气十分异样，一点也不像平时……”

前天夜里什么征兆也没有，詹姆斯想对她说。他们被安顿在医院走廊尽头仅有的两个房间里，星期四夜晚，当时她的状况很糟，他躺着整夜不能入睡，他屏息倾听隔壁的动静。煤气灯的光亮通过气窗照进来，天花板上开了一个矩形的洞。通过这个洞，她那急促而令人绝望的呼吸声传入他的耳中。

“你不知道，我对克拉拉说，有多少次我跪下双膝，祈求神灵眷顾他，不要让他遭受痛苦。”她让威尔弗雷德帮她脱下外套，“每隔几天，他就会有一阵剧痛，然后我们不得不给他用吗啡……”

当邦尼停止哭泣并把目光转向她的时候，詹姆斯为他脱下外衣和露指手套。

“索菲在外面厨房里，”他说，“为什么不去和她打声招呼。”

让孩子知道这些事，是没有意义的。

“我一直在等着他解脱，”当他们走进书房时，他母亲说，“自从他不能进食，我就一直在期待。医生说，他最需要的就是——好的食欲。他已经瘦掉很多。”

詹姆斯的眼神在恳求威尔弗雷德带她离开，但是威尔弗雷德做不到，也可能是不愿意。他在一把最大的椅子上坐下，一只膝盖久久地架在另一只上。

“我想，你爸爸体重不会超过一百二十磅，或者一百二十五磅，因为他身上什么也没有，除了皮和骨头。即使这样，”她转过身注视威尔弗雷德的脸，想确定他是不是在听，“即使这样，我没少花力气，很难挪动他，这你知道，好几个月，我和他同住一间房。他宁愿躺在那里，默默忍受痛苦，也不想麻烦别人。而我知道，如果我在旁边，我会听到他的动静。他浑身作痛，你是知道的，然后他吃药，这样才能入睡。”

静默了一会儿之后，詹姆斯说：“你们会去万达利亚过一段轻松的日子，威尔弗雷德？”

“在万达利亚？为什么？我们不会去。”

“我想，你和克拉拉会去那里过感恩节。”

“我们确实打算去，但是这样必须乘火车，周围疾病在泛滥，我们担心会有风险。我以为你为孩子的安顿打电话来的时候，克拉拉已经全告诉了你。”

“是的，我想她说了。他们都好吗？有没有什么不听话的行为？”

“罗伯特病了。”

“哦……是吗？”

“是的，罗伯特成了一个生病的男孩，”他母亲说，“一个了不起的病孩！”

“是流行感冒？”

她点点头。

“昨天早晨，”威尔弗雷德说，“你打电话来以后，出乎意料，他起床下地了，比我们预期的早。医生说，今天才能起床。但是，上午克拉拉和他联系，他说如果罗伯特不再发烧，就没事了。罗伯特确实退了烧——这是昨天的事——我想热度不会再上升。当然，他还必须静养。”

詹姆斯瞥见了小折刀的闪光：威尔弗雷德准备修剪他的指甲。

“面对病痛他似乎不像邦尼那样软弱，但是我总觉得，邦尼对他妈妈更有感情。”随着威尔弗雷德的一声叹息，他合上小折刀的刀刃。“克拉拉要想告诉你，但是我怕她万一忘记——葬礼过后你是否想把初生婴儿带回家，我们很乐意带他，帮你照料他。”

詹姆斯坐正身子。“我不知道。”他用双手慢慢稳住自己的身体，“他们要让婴儿留在医院约莫一个星期。我想，婴儿一切都好，但是他们想再作观察。以后的事我还确定不了，我不知道该怎么做。我没有时间去想它。”

当詹姆斯说话的时候，前门打开了。

“我们想帮忙，”威尔弗雷德说，“尽可能地，以任何我们能够做到的方式。”

“你们真的太好了。”

“直到你把一切理顺。”威尔弗雷德说。

随着一股寒冷气流的来到，艾琳在屋里出现。她大衣上的纽扣只扣了一半，脸上严肃得没有一丝表情，她从威尔弗雷德的脚边绕过去，把书房所有的窗帘拉开。詹姆斯用感激的目光追随着她的动作。她拧亮台灯，并且从搁在壁炉架上的蓝碗里找到火柴，把壁炉点着。当邦尼进来的时候，这间房间已经变得明亮和温暖宜人。

她对邦尼微笑。“你认得你的玛瑙弹子？”她说着从壁炉架上拿起那只蓝碗，“你告诉我你的黄玛瑙珠丢了？好了，我已找到它了。”邦尼继续盯着她的脸看。

“给你。”

“艾琳，”邦尼说，“这里好吓人！”他把脸埋在她外衣的内衬里面。

艾琳的微笑全都化为碎片消失。她跪下来用手臂搂着他。“一切都会好起来，”她说，“只是你不要哭，听到吗？不要哭。”

邦尼用手背擦干他的脸，接过碗和黄玛瑙珠。

“我知道。”他说，然后坐在地板上玩。

艾琳注视他，陷入沉思之中，直到她的眼睛不再因泪水而模糊。然后她转身问詹姆斯：“罗伯特什么时候回家？”

“他不回来，我想。”

“为什么不回来？”

“他病了。”

“这我知道，我刚从那里来。”

“克拉拉不认为罗伯特应该回家，”威尔弗雷德开始发声，“甚至没有想到他会……”

艾琳打断他：“我和麦格雷戈医生通过电话，他说今天一早他见到罗伯特，如果我们想带罗伯特回家，完全没有问题……可克拉拉不会听，詹姆斯。我告诉她……我告诉她麦格雷戈医生说的每一句话，但是她说罗伯特留在那里情况没什么不同……我离开时他坐在前窗旁边的椅子上，穿着橡胶套鞋。”

“如果克拉拉认为他不该回家，”詹姆斯说，“也许这是一个上策……”

“你不要他回家？”

“我当然想他回来。”

“好，如果我打电话告诉她你这样说，你介意吗？”

詹姆斯闭上眼睛。“你怎样说都可以，随你便。”

如果可能，他也想把大脑关闭，让它停止运行。他实在是太疲倦，太虚弱不堪。没道理，为什么他们不能通过自己的协调，处理好这些事情。

从威尔弗雷德嘴里——时不时的一个词或者一句话——詹姆斯得知因为流行疾病的原因，教堂已经关闭，但是很快就会重新开启。至于流行疾病，威尔弗雷德说，势头正在减弱。昨天和前天，报导都没说出现新的病例。

詹姆斯忍不住违背自己的意愿，留心去听，他听到艾琳打电话的争辩声。

“我知道，克拉拉，但是医生说没有问题……是的……是的，詹姆斯想要他回来……”

威尔弗雷德在和他谈论流行疾病，威尔弗雷德说，已经找到病毒的最初源头，是由德国潜水艇带来美国的。

“是……是的，克拉拉……是的，我知道！”

詹姆斯转过身，心神不定地看着艾琳。她的脸苍白，不见血色。

“是，”她说，语调非常缓慢，“是……是的……”

突然，艾琳爆出响亮而令人不解的笑声。他们全都感到惊愕，而且，在该打住的时候它没有停止，还在继续游入电话的话筒。

3

威尔弗雷德从艾琳手中接过听筒，他对克拉拉说，要她在十五分钟内为男孩做好回家的准备。对于他的解围，詹姆斯久久在心中深怀感激。埃塞尔在下午晚些时候乘坐火车到达，一进门就立刻上楼去看艾琳。詹姆斯在母亲和威尔弗雷德走了以后，背对壁炉站着，直到壁炉架上的小铜钟滴答滴答滴答滴答地宣示它自身的存在，而屋里，孤寂充溢所有的空间，死死地把他围困。

五点半钟的时候，罗伯特回来。他一只手臂下夹着一本书，另一只手拿着装士兵的盒子，显得比平时虚弱无力。当罗伯特疲惫不堪的时候，他顾不上走路的样子，尽管詹姆斯告诉过他：用他的好腿向前举步，假腿在后面跟着。

罗伯特神情严肃地和父亲握过手，把士兵和书本放在书房的桌上。然后他走到窗边坐下。

“感觉怎样，儿子？”

“很好。”罗伯特说。

“身子疲软？”

“是的。”

“我也这样。我们必须好好休整一下，我们两个。”

他们的目光相遇，他们一致避开谈论家里的事情。到目前为止，在詹姆斯看来，最好的和可能最合适的解决途径，就是让克拉拉照顾婴儿，还有男孩们。因为他无法把这个家维持下去——这是肯定的。他得把要的家具留下来找地方贮放，它们不多，他不像伊丽莎白那样喜欢搜集古董。其余的全卖掉，屋子也卖掉，为了能够有所收益。

威尔弗雷德没有提议接受两个男孩，但这也许不会是个问题。每个月，詹姆斯会支付给克拉拉足够的钱，为了他们的膳食和衣服——因为他不会让威尔弗雷德或其他人来为他的孩子承担生活费用。他还得在附近找一间房，可能，他们不会习惯克拉拉的宅子。但是这要等到他平静下来，等到他能够更好筹划事情的时候。

说到底，要孩子是个错误，詹姆斯一点也不了解他们，从来不知道他们心里在想些什么。然而，这毕竟是伊丽莎白的决定，是她想要孩子。

有些人有一种与孩子随意自然相处的方法，例如汤姆·麦格雷戈医生。他们会在满满一屋子人中找到他，死死缠住他不放。在邦尼和罗伯特丁点儿大的时候，他们偶尔会来到父亲身边，要他把雪茄的烟气吹入他们耳朵——邦尼也会这样——在他们耳朵犯痛的时候，但是这事不常发生。如果他们是女孩子，情况可能会有所不同，和小女孩相处詹姆斯会感到更轻松自在。他们过来坐到他的双膝上，玩弄他的表链。他们似乎特别喜欢他让他们猜谜语。罗伯特和邦尼总是吵嘴，相互对抗争斗，就像死对头该隐和亚伯。所以如何让他们彼此分开，各自玩各自的玩具，成了一件必须考虑的事情。而没有她……詹姆斯走进前厅，久久地凝视着雨伞架。没有伊丽莎白的协调，这种状况让他更难掌控。

他第二次踱到前厅，经过白色圆柱进入客厅，然后从远端那道门走进书房。如果能够回头重来，如果他能牢记过去十天中的每一件事情，那么也许——当然，这是愚蠢的想法，但是他一次又一次冒出相同的念头——也许他能对已经发生的事情做些改变。

在他的整个人生中，以前，他从不生病——至少没得过重病。病中，他是那样软弱，不能让别人按他的意志行事。他们甚至不让他起床，不让他进她的病房探视——除了那一次，星期三黄昏的时候。

护士为他拿来一张椅子，让他和她的床保持一定的距离坐着。护士说伊丽莎白好些了，但是令他深感无助的是，他看见她呼吸十分困难，她好像在用尽全身的力气。

他看见她的头发蓬乱地散在枕头上，这使他想起第一次见到她的时候，她在特雷蒙街驾驭一辆小马车，车上有两个小女孩和她坐在一起，她们头上扎着蓝色的大丝带。

他朝前倾斜身体，问她是否还记得那天在特雷蒙街和他相遇，可是，正在这时，护士进来。护士为她带来婴儿，用白色的毯子裹着。伊丽莎白笑了，她慢慢微笑着说：你看，詹姆斯，又一个会撒尿尿的男孩……

4

詹姆斯每次经过客厅，都会眼神定定地注视沙发，或者注视通往屋子后面的落地窗。然而此刻，仿佛有什么东西拖着他，拖着他向凸窗走去，直到最后他离它很近很近。棺材是灰色的，上面安有银色的把手。里面难道真的躺着伊丽莎白，詹姆斯这样想——当他走近，是否应该再看看她（她的黑发、前额、脖子前面的弧线）——他不知道他会有怎样的举动。

他站在那里，离开棺柩仅几步的距离，他的心脏在狂跳不息，就像一台机器。索菲不得不叫他两遍，他这才意识到该吃晚餐了。

埃塞尔和两个男孩正在餐厅等他。

“你会喜欢我来上菜吗，詹姆斯？”她说。

詹姆斯神情茫然，不知所措地看着她。她说话的方式俨然就是一个学校教师。

“一直是我来给大家夹菜的。”他说。

“是的，但是我想，如果你的状态不是很好……”

“我没事，”詹姆斯说，“我很好。”

他们一起坐下——埃塞尔坐在桌子端头伊丽莎白的位置上。詹姆斯发现，当他和她在一起的时候，自己会处于一种警惕的状态，因为害怕说出的英语会有什么语病。他觉得他说的英语只是普通的水准，那是人人都该有的表达能力。但是埃塞尔去东部上过大学，她就读布林莫尔学院，她似乎从来没有想到要结婚。年轻的时候，在她的头发变成灰色之前，她身上魅力十足。詹姆斯认识几个适合她的男子，但她自视是一个受过良好教育的妇女，她不想和他们任何一个交往。

“为了布兰尼小姐。”他说。当索菲接过他递给她的盘子，詹姆斯觉察，她因为自己的嘴巴而显得有些不自然。

“它们花费了你多少？”当她回转身面对他坐的桌子

那端时，他问。

“您说什么，莫里森先生？”

“你的牙齿。”

“我不知道确切数目，”她说，脸上泛起红晕，“大约五十美元。”她在邦尼前面放下盘子，“如果我知道得花这么多，我想我不会拔掉它们。但是它们确实让我痛得受不了，日夜不肯消停……”

“你是对的，我肯定。”埃塞尔说，“罗伯特还需要些水。”

詹姆斯怀疑自己是不是说了什么不该说的，是不是说了什么不厚道的尖刻话。“等你装假牙的时候，告诉我一声，索菲。我也许能够帮你。”他拿起切肉刀开始磨快它。索菲在他旁边，怀着感激之情拉着围裙的边缘。

当她为罗伯特放盘子的时候，她再一次转向桌子那端。

“哦，卡尔来了……”

詹姆斯打开他的餐巾。

“告诉他，一用完餐我就会过去。”他说。

索菲的身影穿过一道道摆动的门，最后消失，詹姆斯拿起了他的刀和叉。当他试图吞咽食物的时候，食物变得异常坚硬，卡在他的喉咙里下不去。所以他只能静静坐着，不去动摆放在面前的盘子，要不就是看着两个儿子用餐，他们还太稚嫩，虽然悲痛却能有好的食欲。

罗伯特在叉取食物的时候，总是不讲话，也不抬头看——好像打断他的用餐是不可忍受的。至于邦尼，他想到一件他听到的事情，那似乎是一件很重要的事情，他一边吃，一边用眼睛瞄着其他东西（此刻，他的视线落在盘子的角上），但并没有把脑中想到的说出来。

“艾琳怎么啦？”詹姆斯说。

“她在休息，我用冷毛巾敷在她头上。你知道，在经历这段变故之后，任何人都会这样。”

当埃塞尔还是个小女孩时，伊丽莎白曾经说过，她不容在自己清洁的白色长袜上留下一点污渍。

突然，邦尼把失神中的思绪拉了回来。

“难道真的，埃塞尔阿姨——难道真的，艾琳嫁给博伊德姨夫是为了他的钱？”

紧接着这个发问而来的是一阵静默，他们听到的只有前厅那座大钟，在发出阴沉的滴答声，隔着两个房间。

“不，儿子，这不是真的。”詹姆斯说，“别再说这样的蠢话，听到吗？”

邦尼点点头，如果埃塞尔没有从椅子上向前斜靠，用严厉的眼光看着他，他会继续用餐。

“谁告诉你的，邦尼？”

“他凭空想象。”詹姆斯说。

“我没瞎编——是莫里森奶奶对阿曼达·马修斯说的。”

罗伯特把他的叉放下，发出咔嗒的声响。

“阿曼达·马修斯是谁？”埃塞尔问。

“是克拉拉姑姑主日学校班级的一个女孩，前天晚上，她来克拉拉姑姑家。”

詹姆斯看见埃塞尔带着奇怪的微笑看着邦尼。

“好了，总之，”她说，“你误解了。你奶奶不会说这样的话。”

“可是，是她说的，埃塞尔阿姨。她说艾琳想和别人结婚，但是布兰尼外婆日夜不离跟着她，她说博伊德姨夫是个很棒的年轻人，因为他进过普林斯顿，还……”

“邦尼，够了！”

詹姆斯脑中又浮现出那一幕情景：城际客车正开进站，就在那列火车旁边，就在另一组轨道上。詹姆斯一时语塞，他必须等上一会儿，定一定神，才能够继续说话。

“告诉我们，儿子，一直以来你在做些什么？”

“他躺在长沙发上，”罗伯特自告奋勇地加入谈话，“就在客厅里，他假装睡着。”

“我要你提供情况的时候，罗伯特，我自会问你……现在去自己房间，你们两个都去。”

才一个晚上他们就惹出了够多的麻烦——麻烦会一个月接着一个月地持续下去，一旦艾琳发现这点，会滋生越来越多的麻烦。

“好了，”他说，“你们还磨蹭什么？”

他们一离开——罗伯特满脸的委屈，邦尼的眼泪又涌出来——詹姆斯就开始清理时时纠缠他的意念。由于如此多的病人，由于流行疾病到处泛滥，这个可能也是存在的：城际客车上也可能有人身患流行感冒，在那里同样会受到流感的侵袭，恰如他们置身拥挤的火车一样。为什么要如此折磨自己？能有什么好处？

“你或许该让他们留下，让他们用甜点。”埃塞尔说，她的声音从桌子的另一端传来。

“他们是我的孩子，埃塞尔，”詹姆斯回应，“我自然知道什么对他们最好。”

5

威尔弗雷德和克拉拉几乎一用完晚餐就立刻回家了。

“这似乎是不可能的，”克拉拉说，“我是说这简直不能置信！她是这样年轻，对生活还有如此多的追求！”

詹姆斯不知道该说什么，也不知道他们期望他说什么。但是随着夜色的加深，到访的人越来越多——莱曼、阿莉亚·谢泼德、莫德·阿伦斯、欣克利夫妇、麦金太尔夫妇、劳埃德夫妇——直到他们把书房挤满。这时候，詹姆斯已经调整好思路，准备好这种场合该说的词句。令他不知所措的不是搜索枯肠寻找适当的用语，也不是刻板地背诵拟好的句子，而是他们貌似真诚的语气。“这是多大的损失！”他们眼睛闪动泪光说，“如此可悲，她本该……”然而，因为现场有太多的人，他们不可能全都和他搭话，于是他们退到后面相互礼貌地攀谈，好像他们就是为了这个而来。他们讨论和平条款和肉类价格。他们谈论天气，谈论十二月的天气如此严酷——这仅仅是寒冷季节的开始。

詹姆斯试图对谈话表示适当的关注，但是每当有新的来客进入房间时，他就免不了要抬头一瞥，而奇怪的想法会闯入他的脑中。在他看来，除了不愿相互打断之外，他们的举动显得他们来这里是参加一个派对。这屋子成了他们的领地——伊丽莎白的屋子——借着它，他们度过一段美好时光。

克拉拉和威尔弗雷德回家了，然后是谢泼德夫妇，然后是麦金太尔夫妇，而詹姆斯几乎没有注意到他们的离开。屋里烟气浓郁，连空气也变得沉重。过了一会儿，他发现自己甚至没有必要装作在听那些唠叨。他庆幸十一点钟终于到了，他们开始一个接一个地离开——所有的人，除了从办公室为他捎带信件的青年人约翰斯顿，此人似乎不知道怎样回家。

当约翰斯顿谈论办公室的情况，谈论调整某项业务的亏损时，詹姆斯坐着，一只手放在左侧。有件事迄今为止詹姆斯还没想过，没有道理令他特别在意，只是在多日没有合眼睡觉之后，他仍然还有很清醒的感知能力。奇怪的是，他能够听到他的心脏在背心里面滴答地跳动——保持它的节奏，就像一座时钟。

“我从芝加哥来。”一个声音说——这是一个不可能听错的声音。詹姆斯跳起来走进前厅，但是为时太晚，博伊德·希勒已经进来，就站在门里头，在和埃塞尔说话，虽然面带疲惫，然而不失他的英俊。他没有变化，除了像是在努力使自己保持良好的状态。当埃塞尔开始踏着楼梯上楼，他转过身，看着站在门口的詹姆斯。

“晚上好。”他说。

曾经詹姆斯撞见他时，他的双臂抱着失去知觉的罗伯特。后一次（几年以后），詹姆斯当着他的面关上前门，把他堵在门外。博伊德的态度显得格外殷勤拘谨，这是一种不经意的暗示，这两次意想不到的遭遇他都还记得。

任何一个家庭，詹姆斯想，都会是这样的。有些事情永远不会忘记。

前厅里没有椅子，只有一张沙发放在窗边。两个男人就这样尴尬地站着。当紧张转变为不安的时候，詹姆斯说：“你现在住在芝加哥？”

“短期之内。”

博伊德清了清喉咙。

“虽然，过去两年，我的大本营在纽约。我在证券交易所上班。”

“那肯定很有趣。”詹姆斯说，他厌恶地想起那件往事：博伊德把肥皂放进鱼桶来开玩笑。

“你习惯那里。”

“是，我想是的。”

艾琳走下楼梯，穿了一件有绿色花饰的和服。

“什么事你都能习惯。”詹姆斯说。

当艾琳走到楼梯底格，她迟疑不前，而博伊德站在暗红色的小地毯边缘等着。“我简直难以表达，我是多么震惊和遗憾。”

艾琳走过来，表情肃然地和他握手。

“你一直在生病。”她说。

博伊德点头。

“流感？”

“病情很轻，当我能够回旅馆的时候，我发现你的短笺，所以就赶来这里。”

此刻，詹姆斯明白了一切——为什么正在他们指望她留下来照顾两个男孩之际，她突然去了芝加哥。事实上，他内心从没有过这样的怀疑。他了解她几乎就像了解伊丽莎白一样，她生性冲动，很容易兴奋激动，会在瞬息之间不假思索地决定一切，然后用她的全部余生来懊恼和后悔。无需花太多的心思去观察和揣摩她，通过她脸上的表情就可以看出，她再一次越过了所有因博伊德·希勒引起的不快。詹姆斯想，如果他们想要重新开始，兴许对他是件好事。他转身退回到书房。

6

艾琳和服上的花饰很接近她的头发颜色，但也不完全相同。詹姆斯心里明白，不管人们怎么说，她绝不是因为钱。艾琳既不是为了钱和博伊德结婚，也绝不是因为这个原因而想回到他的身边。艾琳虽然没有吐露她现在对博伊德的感觉，但是，她曾经喜欢他，那是他们开始吵架之前。在她的婚嫁日，她打碎了一面镜子，也许这是他们婚姻破裂的预兆——什么坏运气都会碰到。

不知怎的，谁也不认为她会过平静而普通的生活。不管艾琳身在何处，激奋总是和她相伴。此刻，当她聚拢和服上的褶皱，向着壁炉倾斜身子的时候，她的眼睛熠熠生辉，她的头发也泛着光亮。

“我想，有时候我们知道什么会落在我们身上。”她说，“直到现在，我还记得那些似乎没有什么意义的话，现在它们应验了……我们在楼上，詹姆斯，在你们的卧室里，伊丽莎白在做她的头发，我坐在床上，看着她。我说：‘太复杂了，你现在做头发的方式。’她停住，从镜子里注视我，说道：‘我知道，我只是在想，我死的时候，没人能为我做这种发型。’我对她说千万别胡言乱语，这话真荒唐，甚至是愚蠢的，谁都说不准自己会活多久。但是她从嘴里拿出发卡，说道：‘三年之内。’”

詹姆斯从椅子上站起来，他开始踱步。他不可能相信，也绝不会相信艾琳说的。他同样不能相信，伊丽莎白曾经醒着躺在他的身边，计划和安排她离家期间的事务。她和别人相处，有时会掩饰自己的真实感情，可是对他不会这样。例如，对于罗伯特遭遇车祸，没人知道她怀有多么深的彻骨之痛，夜里，她会毫不克制地埋在他的臂弯里痛哭。如果她的生活因为死亡的预感而蒙上阴影，他会知道，她不可能对他隐瞒。

“人们总是记得这样的事情，”他说，“在某个人死了之后，你可能永远不会再想起别的什么，除了这类事情。它就像那些再普通不过的迷信——十三个人在餐桌上用餐，或者狗的狂嗥，或者屋里飞进一只鸟。”

“你是否知道，确实有过一次，”艾琳说，“有一只鸟飞进邦尼房间，就是邦尼生病的时候。我后来没有告诉你，因为我知道那会使你烦恼——不是因为那鸟，而是有些事情做什么都为时已晚。这是我的错，真的。伊丽莎白要罗伯特去拿扫帚驱赶，然后我们在激动之下忘乎所以，我们两个走进了邦尼的房间。当罗伯特回来，他看她坐在邦尼的床缘……从那以后，他总是在想，如果他妈妈有什么事，他是有责任的。你不知道这些，不是吗，詹姆斯……今天晚上，当他们两个上了床，我去看他们，我和他们谈了一会儿他们的妈妈，使我吃惊的是罗伯特痛哭起来，他告诉我他脑中的想法。你必须看好他，詹姆斯，和他多沟通，找到一条途径，弄懂他所说的背后的想法。因为他正处在需要特别关注的年龄……我向他解释，人们在接触流感病毒后，三天之内就会发病，而他妈妈几个星期后才发病，所以他是错的，这和那件事没有关系。我不知道他是不是相信我，我猜他会。像这样的事情——你难道没看见？现在他妈妈再不能在这里照看着他……我们每个人都有如他那样隐秘的噩梦，罗伯特并非是仅有的一个。”

詹姆斯用古怪的眼神注视她，心想，会不会倒霉得很，她也知道城际客车。

“我不会忘记，”她说，“过去几个星期我是多么自私——总是想到博伊德，总是想到我是否能够重回他的身边。对她的遭遇我有点不以为然。这是我惯有的方式。作为一个人，詹姆斯，我永远不能和她相比，没有人能够……我记得我们曾经外出，我们两人，去看一位为我母亲做过烹饪的妇女，她病得很重，住在第十街的一座老屋子里，屋里简直肮脏不堪。我们离开后，贝丝对我很是恼火，她说：‘艾琳，我看你拉起裙子，不想让它碰到任何东西！你怎么能这样做？’……她走到那个妇女躺卧的床边，坐下，握住她的手。”

詹姆斯叹着气，其实那天他和他们在一起，是伊丽莎白和他结婚之后。他和她们一同走进第十街那座肮脏而摇摇晃晃的屋子，但是艾琳不记得了。她谈到伊丽莎白，她内心是如此痛苦，可能有些令她难以启口的话也在折磨着她。他们一直是朋友，和朋友在一起，有些话你不必说，不说出来，彼此也能理解。也许，这是她能够谈及突然改变计划，导致他们措手不及的最好方式。如果没有克拉拉，谁知道会怎样，尽管她有很多过错，然而……

“还有别的，詹姆斯……我必须告诉你一件事。在她病入膏肓的最后阶段，她挪动她的手，好像想写什么。我说：‘告诉我，你想做什么，贝丝，我会替你做……’”

詹姆斯站起来，走到窗边，把窗子完全推开，那些他塞在缝隙里用以防止暖气外逸的白色小纸片，顿时散落在房间的地面上。

“‘是关于我的婴儿，’她说，‘我不想让莫里森家族照看我的小宝宝。’”

空气虽然不像詹姆斯预想的那样冷，但是黑暗无比，而且充满雪花。

7

当他打开门，经过配膳室进入厨房，里面除了漆黑一片，他什么也看不见。必定是这样，他暗自思忖，卡尔等他等得不耐烦，回家去了。因为已经过了十一点，而他答应一用毕晚餐就会过来。

餐桌上的情景把其他东西从他脑中驱赶出去。人们开始来到……没有必要对埃塞尔说那样的重话，她是个好女人，他喜欢她。但是如果说有什么事他无法忍受，那就是有人插手干预他的生活，对他指手画脚，告诉他该怎样处理他的事务……他摸索着经过桌子碰到电灯线。索菲把厨房整理得就像平时那样，非常井井有条。在他差不多要转身走回屋子前面的时候，他听到外面传来让人耳朵痒痒的摩擦声，他打开门，只见黑暗中两只亮亮的眼睛在对着他闪动，老约翰蹒跚地跨进门槛。

“难道他们把你忘了，老约翰？”詹姆斯说。

这条狗注视他的眼神像是含有责备。

詹姆斯开始思忖——他的家庭完结了，彻底瓦解了。无论他转身走到什么地方，都摆脱不了这种感觉。伊丽莎白不在了，所有的事情都不复原有的模样……他低下头，把脸埋在老约翰身侧的冰凉皮毛里（此时此地，没有人会看见他）。老约翰发出柔顺的哀鸣。

为什么，詹姆斯想，为什么我要这样？他立刻挺直身子，他站在那里等着，直到狗在炉灶旁边自己安定下来。然后他关掉灯，顺着来时的路线走出去——经过配膳室进入餐厅，再经过客厅，再绕过书房来到前厅。凯尼格先生从隔壁来访，独自待在书房里。走到第五级楼梯时詹姆斯停下步子，他想，人们为什么整夜端坐着陪伴死者。

然后他继续上他的楼梯。他经过楼梯走廊进入卧室，这里曾经是伊丽莎白和他共有的房间。他打开壁柜，看到她挂在里面的衣服，他一下子被打晕，眼前像是一片漆黑，什么也看不见，几乎失去所有的感觉。当他回过神，他赶快把壁柜的门关上，额头压在柜门外面的镜子上，感觉冰凉冰凉。

绸缎。

花边。

棕色的天鹅绒。

紫罗兰的淡淡幽香。

——这就是留给他的爱，留给他的全部！然后他生气地（因为她可以留一些话给他，可是她没有——仅仅留下有关婴儿的托付，对此，詹姆斯并不完全相信）在房间里走来走去，拿起她的刷子、象牙镜子、装嗅盐的小瓶，然后又放下它们。他打开一只抽屉又一只抽屉，搜寻她的私密性小物件——发卡、香袋、一块浸在香粉里的海绵、一张桥牌记分卡、一串琥珀色的小珠——把它们放在梳妆台上，堆成了一堆。他在心中抱怨，她就这样随随便便地把他和她的人生撇了开来。

他站在房间中央，身子前后摇晃，他的耳朵听到她的呼吸声，是她在骇人的弥留之际发出的微弱呼吸声……他会卖掉这屋子，他翻来覆去地思考这个问题，就像是要熟记一篇日课。这篇日课，明天时间一到，他会当众阐述。克拉拉可能会把孩子带走，因为她想照看他们。其他所有的东西——伊丽莎白的衣服，她的紫水晶和珍珠（他把它们倾倒在梳妆台上），她的结婚戒指，她的珐琅手表——他会送给埃塞尔，送给艾琳，送给索菲，送给所有对他们抱有善意和悲悯的人。因为现在她走了。当他了结这些事情之后，任何地方都不会留有她的痕迹。没人会知道这里曾经生活过这样一个人，他对自己说。他向门口转过身，不意间看见邦尼，他正用那双酷似伊丽莎白的眼睛惊恐地注视着他。

8

詹姆斯给邦尼喝了一杯水，把他安顿到床上，然后他走下楼，一直走到屋外。风已经减弱，前门步道上积了一英寸厚的白雪，雪片还在源源不断地落下，落到他的外套袖子上，落到他戴着手套的手上，能够看见，它们在街灯周围，以一种静默的狂暴姿态旋转、飞舞。树木的丫杈因为粘着雪花而变白，每一根枝条都被它上面的积雪勾勒出白色的轮廓。詹姆斯仰头远望，他看到的夜空是一片漆黑，潮湿的雪花落到他的脸上，落进他张开的嘴里。

他走下楼梯，走出屋子，这曾经是他日常生活中必须有的事情，但是现在和那时不一样了——他不想再回去。

他不会再进入那座空洞而没有生机的屋子。在这里，在人行道上（由于降雪如此稠密，十英尺之外的人几乎看不清他），他独自一人，他的内心孤独凄楚。

他跌跌撞撞地向左拐弯，就像雪花飘飘忽忽地打转，他走过第一幢屋子，这是凯尼格夫妇家，然后经过第二幢，是米切尔夫妇家，再经过第三幢……他们全都在床上酣睡，沉醉在自己的梦乡里，他们不会感觉到他的存在，不会知道他这样失魂落魄地站在人行道上，凝视着他们的屋子——在飞雪中变得模模糊糊的屋子。

伊丽莎白父亲的住宅在这条街的另一边，现在为陌生人所拥有。这屋子不会给他带来忧惧……他和伊丽莎白刚结婚时，他们住在里面，和她的父母及艾琳一起生活。伊丽莎白的父亲爱读英格索尔[①]的著作，他怀疑任何公认的宗教或道德信条，所以，对于詹姆斯这样一个年轻人，和他在一起就意味着接受一种教育。但是在他身缠疾病的晚

---

① 罗伯特·格林·英格索尔（1833—1899）：美国政治家、演说家、作家，哲学上推崇不可知论。

年，他的思维方式变了，他停止怀疑。他会说："是这样的，詹姆斯，地球上有——大陆和海洋，月亮绕着地球旋转，太阳在更远处，还有所有的星座。星系由无数没有名称的星星组成，它们有数百万颗之多，在太空日夜旋转。这些你知道吗，詹姆斯，我不告诉你的话……"然而此刻，由于时间或者说时间的流逝，他们——一个年轻一点的詹姆斯，一个死于可怕大脑血液感染的老人——可以在这里交谈。

詹姆斯斜靠在一棵树上，他周围的飞雪像是在编织一张帘子。他觉得他们好像依然还住在街对面的那幢屋里。他仿佛听到这样的说话声："有人——某种力量——根据不可改变或是增加的定律制定了它……它们和几千年以前是相同的……必然是这样，否则就行不通……"

当詹姆斯把双手放到身后，通过他的皮手套，他触摸到粗糙的树皮，他的手指冷得有些僵硬。

"但是有什么意义？"他大声问，仿佛听到那些话在空中回响，他对它们的意义感到迷惑，脑中一片空白，失去了赖以联接过往的纽带。

他只知道，他脚下踩的是冰封雪冻的土地；他只知道，他看到的树是真实的，他可以移步去触摸它们。当他转身的时候，从天而降的雪花并没有顺着他的动作改变飘飞的方向，它们没有对他的困境做退让，它们只是在见证他的存在。雪花落在他的肩膀上，落在他的帽檐上，它们留在那里，然后融化。他是真真实实的血肉之躯，这就是他知道的全部。

这个深夜他就在这里，像个游魂，他穿过庭院的角落，走上人行道，踏进空无人迹的街道。当他停下来确定自己的方位，他发现不知不觉之中已经进入小巷。深深的车辙上面覆盖着一层冰雪，它们沿着路的两边向前延展。电话线杆一根接一根排列着，直直地刺向天空。他听到前面传来嘎吱嘎吱的车轮声，还有马蹄的触地声（那么微弱、轻柔），它们落进白皑皑的雪层里。突然，他醒悟过来，这全是一个错误……今天他想的和做出的每一件事。

他活着，活着就是烦恼。他曾经受困于自己的生活而苟延残喘，他似乎不可能从中摆脱出来。伊丽莎白知道了这一切，她坐在小马车里紧跟着他。她来带他回家了。

他高兴起来，无比激动。他的双手和双膝在颤抖，他开始沿着小巷奔跑，他被积雪绊住，摔倒，他自己再爬起来。他继续奔跑，直到被一匹体型瘦嶙嶙的马挡住道而停下，是一辆挂着一盏手提灯的四轮马车。提灯的灯光向上映射在一张男人的脸上，他是那样的瘦削、病态、疯狂。

使尽全身最后一口力气，詹姆斯斜靠在自家后院坚固的栅栏格子上。

9

詹姆斯醒得较晚，他发现，由于朝阳的射入，他栖身的房间显得非常明亮。梳妆台上摊着伊丽莎白的物品，乱成一堆，一如昨天他留下它们时的模样。他注视窗外，那皑皑的积雪让他眼睛眩晕得几乎处于盲视状态。他伸展被子下面的双腿，直到它们碰到床脚，他不知道，在他的人生中，有多少个早晨躺在这里——醒来看见帘子被风吹进开着的窗子。他也不知道内心感觉到的轻快是不是一种悲痛；或者说，他是不是再有能力经受任何情感。

他动作迟缓，他用心地盥洗，修面，换上干净的衣服。当他从壁柜走到梳妆台梳理头发的时候，他的步履有些飘然不稳。但是他的头脑很清醒，当他用手去揉他的眼皮，不再觉得它们是破裂的，或者僵硬的……得考虑一定的礼仪，得遵循当地的风俗，今天将以某种方式熬过葬礼。

埃塞尔在客房里整理床铺，他在门口来回徘徊，直到引起她的注意。

“你看上去精神还不错，詹姆斯，”她说，“你睡得好吗？”

他直视她的眼睛，那双眼睛里没有别的，除了和蔼亲切——和蔼亲切加上含蓄的同情。对她而言，要直率地表达她的感情，不是一件易事。

“是的，我觉得我很好。”

“这是你最最需要的。”

他第一次意识到，埃塞尔可能没把邦尼昨天晚上在餐桌上说的话告诉艾琳——事实上，她并没有说出来的打算。

“谢谢你。”他说，希望她会明白为什么。

“艾琳有事走开了，我想，是因为博伊德。但是，你母亲在这里，还有克拉拉。你到缝纫室就能找到她们。”

詹姆斯走到楼梯口，他注意听，他听到她们的声音。她们在争论哪张卡片和哪些花是同一个人送来的。

“我不管你怎样说，克拉拉，黄玫瑰是詹姆斯办公室同事送的。康乃馨是学校送的，是邦尼的班级。”

“如果你能等等，妈妈，让我打开它们。它们送来时，我要在这个小本子里记上。否则谁送了什么，我们搞不清楚。”

虽然时间快到十点，但是前厅、客厅、书房，还都没有来客。詹姆斯的座位还是安置在餐厅的桌边。他继续往厨房走去，厨房里面显得温暖、明亮。卡尔身穿大衣坐着，汗水从他脸颊上流下。邦尼在他旁边，靠着厨房的桌子。而索菲，在匆匆忙忙洗涤早餐的盘子，发出一种让人亢奋的咯咯声，在这声音的干扰下，没有人听到詹姆斯进来，或者知道他就在这里。

邦尼正在用蕨类植物做一只花圈。詹姆斯想：这事根本不对，邦尼不该糟蹋这些花，这可不是玩具，是为他母亲举行葬礼用的。詹姆斯开始向前举步，要去阻止。但是这时，他甚至可以发誓，一点不假，这时他感觉到一种轻柔的压力作用在他手臂上，意在遏制。于是，他不由自主地转回身——尽管他十分清楚，实际上并没有谁在他的旁边。

10

喝着咖啡，詹姆斯抽起一支纸烟——自从生病以来，这是他第一次抽烟。他还没有抽完，艾琳走了进来。

“我开车出去过了。”她说，然后来到餐厅桌子前，在他身旁坐下。

“和博伊德？”

“是的，埃塞尔告诉你了？”艾琳拉开她左手手套的搭扣，又重新扣上它，“我已做了决定，詹姆斯——或者不如说我决定为自己做些什么。博伊德必须住在纽约，这意味，如果我和他复合，我也必须搬到那里去住。”

“那么，你打算怎样？”

“留在这里，帮助你照顾孩子们。”

从她平静的表情中，一点也看不出，她做这个选择时内心经历了怎样的波澜。

“博伊德喜欢小阿格尼丝胜过喜欢我。我想他自己并没有意识到，但他确是这样。那次他带走她后，我就明白了。我担心他来看她，但是我没有想到他的处境，没有考虑他的感受，他处于如此可怕的孤独中。这是没有理由的，为什么他不能拥有她，在一年的某段时间和她在一起。要是我能肯定我可以改变自己就好了，或者他能——但是曾经发生过的可能再次发生。不管它是什么，也不管你是多么努力想要避免。去那里对我不太适合，所以，对我来说，更好的似乎就是：不要让自己后悔，不要在今后费尽力气来重返自己的人生道路。”

“不，”詹姆斯说，“我想不会。”但她迟早会有事做的，这是肯定的，毕竟眼下她根本没有生活可言。

他伸出右手，在餐桌上敲出一个和弦——G、降D、F三和弦。然后他在烟蒂上吸了最后一口。

“关于孩子，艾琳……”

“当然，那不会容易。”

“这我知道。”他说。

“最初，我都不能完全确定能够做到。邦尼和他妈妈是那样的亲昵，这你知道。她似乎总是在感觉他的每一次呼吸。他们共处一室时，他总是把脸转向她。昨天夜晚他走进来，他用那种眼神看我，让我觉得无论是你，或者我，或者其他任何人，都对他无能为力。但是今天早晨，整个地不一样了。这屋子是如此明亮，詹姆斯，它是如此充满阳光。”

詹姆斯在他的坐椅中朝前倾身。

“我刚刚从厨房过来，”艾琳说，“当我看见邦尼在做花圈，我知道……”

别说了，詹姆斯在心中默默恳求。别说了！

“我知道，我们有机会让事情有个好的结果。我们能够用她期望的方式，把他们抚育成人。”

11

当殡葬业者回去运载另一批椅子的时候，詹姆斯乘隙在屋里踱步——从书房里走出，进入前厅，然后经过摆满鲜花的客厅，再又踱入书房，就这样周而复始地转着圈子。

他宁可独自踱步，但是罗伯特在楼梯脚边等着他，他不忍心拒绝罗伯特加入。罗伯特已经从他的悔恨中摆脱出来，从他走路的样子就可以明显看出。没有谁该对伊丽莎白的死承担责任，既不是罗伯特，也不是其他任何人。不管怎样说，重要的是人们行事的愿望，是人们怀着良好的意愿想要去做什么——而不是结果，不是因为他们做了什么而引发的结果。詹姆斯清楚地看到这点，他看到他的生活和所有其他人的并无二致。它们有相同的功能，所不同的只是外部形态——就像一个盐罐和另一个盐罐之间的区别，或是一把刀片和另一把刀片之间的差异。发生在他身上的事情，以前一直在发生，今后还会再度发生，它们将不止一次地重复。可能就在同一家医院，就在走廊里端同样的两间病房里面，还会有人整夜躺在床上不能入眠，感觉自己的双肺在一收一放，一收一放——直到他只剩最后的气力，为了另一个人的生命而呼吸……但那不会是两个房间开外的伊丽莎白，这和她无关，她已经死了，死于肺炎。

他会向罗伯特解释这所有一切，关于他病床上方天花板上的矩形光亮，还有城际客车，他已不再因它而烦恼。可能，还得经过好些年，他才能使罗伯特理解，当他在半夜碰见不幸的疯狂杰克收集锡罐的时候，到底发生了什么。但是，有罗伯特的陪伴，能把他的手停放在罗伯特的肩上，至少是个安慰。罗伯特是属于他的，在他们一起踱步的时候詹姆斯能够感觉这点，他们身体里流着相同的血液。

当他和罗伯特一样大的时候，他的父母去南部谋生，带着他一起上路。那时是个冬天。他们在南部租了一间农舍，在山坡上，站在那里可以俯瞰南部邦联军墓地。他没有任何玩伴，他成了一个孤独的北方人，他想要回家。

詹姆斯记得那个冬季，尽管他的整个少年时期几乎就是一张白纸，上面没有为他留下什么美好的记忆。但是他记得倾斜的地窖门，可以用作藏身之处；记得有一棵桑树，还有马具的气味，还有他手上褐色的胡桃污渍。实际上，这些记忆他不可能和罗伯特分享，因为罗伯特和当时的他，他们生活在两个完全不同的世界。

不知不觉之中，他们改变了踱步的方向，此刻他们径直朝棺木走去。他们走近灵柩，两人紧紧拥在一起，事情并没有像詹姆斯预想的那样。他没有失声痛哭，因为罗伯特在他身旁。他站着注视伊丽莎白的两只手，它们僵直地合拢起来，抱着一束紫罗兰。他不知道有什么东西会像它们一样，如此惨白——如此坚不可摧地保持它们的静默，因为此刻，生命，还有曾经与之一体的灵魂，已经离开它们。

如果他不是在按照伊丽莎白希望的那样做，他们的生活会是另一番样子。因为长期以来，是伊丽莎白在决定他的生活该有怎样的形态。从他见到她的最初一刻起，每天，她用她的声音，用她的头发，用她又大又黑的眼睛，更是用她的聪明和她的爱，改变着他的生活样式。

“你不会忘记妈妈，对吗，罗伯特？”他说。一种惊异的感觉紧紧抓住他（因为他得到一个启示：生活是流动的，无论他自己或是其他人，都不知道他的生活会这样演变），他举步离开棺柩。

图书在版编目(CIP)数据

妈妈走的那一年 /〔美〕麦克斯韦尔著；程应铸译．—海口：南海出版公司，2016.5
ISBN 978-7-5442-6182-1

Ⅰ．①妈… Ⅱ．①麦… ②程… Ⅲ．①长篇小说－美国－现代 Ⅳ．①I712.45

中国版本图书馆 CIP 数据核字（2015）第 305930 号

著作权合同登记号 图字：30-2015-046

妈妈走的那一年
〔美〕威廉·麦克斯韦尔 著
程应铸 译

出　版 南海出版公司 (0898)66568511
海口市海秀中路51号星华大厦五楼 邮编 570206
发　行 新经典发行有限公司
电话(010)68423599 邮箱 editor@readinglife.com
经　销 新华书店

责任编辑 黄宁群
特邀编辑 刘文茵 李佳婕
装帧设计 观止堂_未氓
内文制作 周文彬

印　刷 北京汇林印务有限公司
开　本 787毫米×1092毫米 1/32
印　张 8
字　数 104千
版　次 2016年5月第1版
印　次 2016年5月第1次印刷
书　号 ISBN 978-7-5442-6182-1
定　价 39.50元